I0669477

CABINET LITTÉRAIRE,

COLLECTION UNIVERSELLE DES MEILLEURS ROMANS MODERNES.

ŒUVRES COMPLÈTES

DU

BIBLIOPHILE JACOB.

TOME VIII.

———

LES DEUX FOUS.

IV.

OEUVRES COMPLÈTES

DE

PIGAULT-LEBRUN,

84 vol. in-12.

A 1 FR. 50 CENT. LE VOL.

L'ENFANT DU CARNAVAL, 4 vol.
LES BARONS DE FELSHEIM, 4 vol.
ANGÉLIQUE ET JEANNETON, 2 vol.
MON ONCLE THOMAS, 4 vol.
CENT VINGT JOURS : 4 vol.
LE CITATEUR, 2 vol.
LA FOLIE ESPAGNOLE, 4 vol.
M. BOTTE, 4 vol.
JÉROME, 4 vol.
LA FAMILLE DE LUCEVAL, 4 vol.
L'HOMME A PROJETS, 4 vol.
M. DE ROBERVILLE, 4 vol.
UNE MACÉDOINE, 4 vol.
TABLEAUX DE SOCIÉTÉ, 4 vol.
ADELAIDE DE MÉRAN, 4 vol.
LE GARÇON SANS SOUCI, 2 vol.
MÉLANGES CRITIQUES ET LITTÉRAIRES, 2 vol.
L'OFFICIEUX, ou LES PRÉSENS DE NOCES, 2 vol.
L'ÉGOISME, ou NOUS LE SOMMES TOUS, 2 vol.
M. MARTIN, ou L'OBSERVATEUR, 2 vol.
LE BEAU-PÈRE ET LE GENDRE, 2 vol.
LA SAINTE LIGUE, ou LA MOUCHE, 6 vol.
CONTES A MON PETIT-FILS, 2 vol.
VIE ET AVENTURES DE PIGAULT-LEBRUN, 2 vol.

Un volume séparé de chaque ouvrage se vend 2 fr.

Fontainebleau, imp. de E. Jacquin.

LES

DEUX FOUS,

HISTOIRE

DU TEMPS DE FRANÇOIS Ier.

PAR

P. L. JACOB,

BIBLIOPHILE.

Livres nouveaulx, livres vielz et antiques.
ESTIENNE DOLET.

TOME QUATRIÈME.

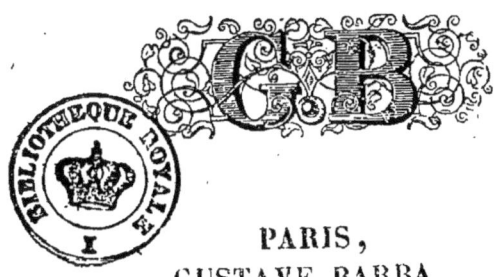

PARIS,
GUSTAVE BARBA,
ÉDITEUR DU CABINET LITTÉRAIRE,
COLLECTION UNIVERSELLE DES MEILLEURS ROMANS MODERNES.
RUE MAZARINE, Nº 34.
1838.

LES DEUX FOUS.

IV.

XI.

Qui vous a faict l'air marry, belle dame?
—C'est l'amoureux que je regrette d'ame.
Quel grand soulcy, mon bon seigneur, vous
    deult?
— C'est soulcy tel que larmoyer ne veult,
Ains veult mourir; donc avisez me rendre,
Sire sorcier, quelque boucconà prendre.

Le Trépied des ORACLES CABALISTIQUES.

XI.

Dans le laboratoire d'Agrippa., obscurci
par la fumée puante qui s'exhalait d'un feu
de soufre où brûlaient des cheveux, des pa-
piers, des bijoux et divers objets de toilette
féminine, la duchesse d'Angoulême consul-
tait son astrologue sur les chances heu-
reuses ou malheureuses de l'avenir.

Le ciel était si sombre, ce soir-là, que
la curiosité superstitieuse de la mère du roi
ne pouvait recourir à l'observation des étoi-
les, et pendant que, d'après le conseil d'A-
grippa, elle livrait aux flammes les derniers
gages de son amour pour le connétable de
Bourbon, une vive clarté bleuâtre s'élevant
du foyer dansait à l'entour, ainsi qu'une
ronde de fantômes : les chauves-souris, at-
tirées par ces lueurs mobiles, venaient se
coller aux treillis de la fenêtre en étendant
leurs ailes chauves.

Corneille Agrippa lisait à demi-voix des
conjurations en langue hébraïque dans un
livre de cabale, et il s'interrompait de moment en moment pour faire tournoyer sa
baguette magique.

—*Tochot! Tochot!* criait-il par intervalles;
puis il saluait profondément à droite et à
gauche, comme s'il voyait à chaque instant
apparaître des êtres d'un monde supérieur;
rien pourtant ne changeait d'aspect dans la
salle, et madame d'Angoulême tenait ses

regards fixés sur le soufre ardent qui avait déjà presque consumé tout ce qu'elle lui offrait en sacrifice.

— Notre-Dame! dit-elle avec humeur, à quand donc, seigneur Agrippa, l'accomplissement de vos belles promesses? quel mauvais sort est réservé à M. de Bourbon? Est-ce pas à mon détriment et préjudice que le roi a élu pour sa mie madame Diane de Brézé?

— *Samech nun mem lamed!* reprit Agrippa; les révolutions des astres, les auspices des démons et les divers présages s'accordent à promettre de grands triomphes et victoires à monseigneur le connétable.

— Ne dites point cela, mon maître; car il m'indigne de penser que mon pire ennemi aurait l'avantage des armes. Çà, tirez plutôt un horoscope touchant la fille de M. de Saint-Vallier. Cette nouvelle maîtresse se voudra-t-elle ranger sous mon gouvernement, comme fit madame de Châteaubriand? ou bien me faudra-t-il déjouer le pouvoir d'icelle par quelque moyen quelconque, ruse, embûche ou poison?.

— Vraiment, madame, je proteste contre la fausseté indécente des augures et prophéties... Néanmoins, toujours est-il, et le tenez pour certain, que M. de Bourbon vaincra et déconfira toutes les armées du roi.

— Vous errez et avez la vue trouble à lire en vos grimoires, d'autant que le traître Bourbon sera taillé en pièces par l'amiral Bonivet, et fait prisonnier pour être supplicié dans la place de Grève de Paris, en punition de sa forfaiture... Quoi qu'il advienne cependant, gardez-vous de rien répandre de vos prédictions malsonnantes?

— N'ayez créance à ces choses, madame, et remettez le tout à la grace du seigneur Dieu omnipotent... Toutefois, à voir clair dans les événemens futurs, je déclare formellement que messire de Bourbon l'emportera en faits et gestes sur les premiers capitaines français, prendra le roi son maître à rançon, conquêtera le Milanais pour l'empereur, et saccagera la ville de Rome...

— Vous parlez un peu bien imprudemment, sire Agrippa, et pareil propos dit en public vous vaudrait exil et davantage. Donc, une fois pour toutes, je vous ordonne, par bonne amitié, de taire votre avis là-dessus : ce sont affaires politiques non séantes à votre astrologie.

— De fait, madame, je ne voudrais parier un fétu qu'il en sera comme j'ai dit, et les prophètes sont grands-prêtres de menterie... Mais, selon les caractères et figures des cabalistes juifs, la prospérité de M. de Bourbon est patente et véritable...

— O l'obstiné rapetasseur de vieux contes hébreux! interrompit madame d'Angoulême élevant la voix en colère : il argumentera encore sophistiquement contre les fagots et la bourrée lorsqu'il sera condamné au feu comme sorcier ou hérétique, soit luthériste, soit zuinglien, soit anabaptiste!... Trève, songeur insensé! mets en oublie ta malhon-

nête vision de l'avenir, et plutôt efforce-toi à
ce que, par l'effet de ton art, la chance des
armes tourne à l'encontre du faux connétable; car, autrement, cuiderais-je que tu
corresponds réellement par lettres avec ce
criminel de lèse-majesté, chose moult détestable! Ce pourquoi, afin de tenir mes
bonnes graces, fais que de ta bouche telles
choses onc ne sortent, sur ta vie!

— Par Samael, Alzazel, Azael, Mahazael!
madame, je me ris d'autant de ces vains
simulacres de science, et par-dessus tout
reconnais mon humaine infirmité. Nonobstant, *quod scriptum est, scriptum est;* ce sont
aphorismes évangéliques : à savoir les con-
quêtes bourbonniennes en Italie, avec assis-
tance des Espagnols et Allemands...

— Holà! c'est pousser loin l'obstination,
aussi vrai que je suis la mère du roi! Est-ce
par mépris de mon autorité? or ça, je vous
châtierai d'une prison si dure que votre grand
savoir ne la pourra rompre!.... Non ferai,
mon petit Agrippa, répliqua-t-elle, se ra-

doucissant tout-à-coup, et vous requiers,
avec forces suppliques, de réduire à néant
ces mauvaises semences pour l'avenir : ce
moyennant, je vous rendrai plus riche
qn'aucun homme, tant que le roi mon fils
aura crédit sur ses généraux des finances
pour accroitre cette prodigieuse fortune, que
je vous promets.

— O vanité, la pire entre toutes! vanité
de Dacon et Baal, vanité fragile comme verre
et plus vile que boue!....

— Parlons d'affaires, maître : je réclame
secrètement un poison de votre pharmacopée ; j'entends qu'il soit d'effet certain et
prompt, selon quelque recette à l'italienne.
Voici de l'or pour payer vos plantes véné-
neuses.

En parlant ainsi, elle ouvrit son escarcelle,
faite d'une certaine peau de bélier parfumée,
et répandit sur la table angelots, saluts, mou-
tons-à-la-grand'laine et autres monnaies
d'or. L'éclat de ces belles pièces sonnantes
éblouit l'impassible astrologue, dont la moue

se dérida en un sourire plus repoussant encore; et qui d'une main empressée fit disparaître son butin dans un coffret de fer ciselé,
que des figures astrologiques devaient rendre impénétrable aux profanes; ensuite il
reprit son air maussade, sa moue hideuse et
son terrible froncement de courcils.

Cependant Corneille Agrippa se mit à
l'œuvre pour satisfaire la duchesse d'Angoulême; il alluma un petit fourneau à l'aide
d'un gros soufflet de forge, et quand le feu
lui parut vif et clair, il mêla dans une cornue
différentes subtances animales, végétales et
minérales : une odeur fétide s'échappa du
vase avec une fumée épaisse. Agrippa, durant l'opération chimique, mâchait de vieilles
formules en hébreu, pour conjurer les démons malfaisans qui président aux élémens,
et recevait dans une fiole la liqueur noire
tombant goutte à goutte de la cornue;
Louise de Savoie répétait tout bas des prières
latines, et ses yeux s'animaient d'une joie
féroce.

Tout-à-coup une rumeur indistincte s'éleva au pied de la tour ; la duchesse tressaillit et regarda l'astrologue, qui prêtait aussi l'oreille avec inquiétude à ce bruit de pas montant l'escalier, et faisant crier les ais mal joints des degrés vermoulus.

— Qui vient céans vous visiter ? demanda madame d'Angoulême, plus effrayée à mesure que les pas approchaient ; serait-ce pas le mauvais Esprit sous la figure d'un bouc puant ? vous vient-on querir pour le sabbat des lutins ? O très sainte Vierge, faites-moi miséricorde !

— Au nom du Père et du Fils et du Saint-Esprit ! *El ! Eloha ! Elohin !* disait Agrippa, qui n'était pas plus rassuré qu'elle, et qui craignit un moment d'être exaucé dans ses conjurations magiques. Point n'ai fait pourtant d'invocation au monde infernal ! aussi bien, les sciences occultes ne sont que vent, et le plus certain d'icelles n'est qu'incertitude !

On entendait la marche pesante et les

voix de plusieurs personnes dans l'escalier;
Agrippa et Louise de Savoie, pâles et immobiles tous deux, étaient en proie à une pé-
nible anxiété, et s'attendaient à voir surgir
de monstrueuses apparitions, sorcières che-
vauchant leurs balais, diables à queue et à
cornes, fantômes en linceul blanc, et ces
êtres difformes dont la superstition a fait le
cortége obligé de la magie.

Mais voici l'instant fatal : on arrive auprès de la porte; on tient conseil à voix
basse, on s'apprête à entrer ; puis on semble
changer d'avis, on n'agite plus la clé dans
la serrure, on interpelle à plusieurs reprises
le seigneur Agrippa, qui n'osait répondre
ni faire un seul mouvement :

— Monseigneur le magicien, disait quelqu'un tremblant de peur, le roi notre sire
vous commande de guérir un de ses serviteurs ému d'une fièvre chaude; sur toute
chose, avisez à ce qu'il ne s'enfuie d'entre
vos mains, sinon votre col saura ce que
votre cul pèse.

Ces paroles dites à la hâte, la chute d'un corps fit retentir le plancher, ébranla violemment la porte, et fut accompagné d'un gémissement étouffé; aussitôt, dans l'escalier, les pas et les voix s'éloignèrent confusément; à ce bruit succéda un profond silence au dedans ainsi qu'au dehors.

— Saint Michel nous soit en aide! dit madame d'Angoulême un peu remise de sa frayeur; n'a-t-on pas nommé le roi? ou bien ai-je songé tout éveillée?

— Zedech, Madim et Schemès, venez à moi des sphères de Jupiter, de Mars et du Soleil! reprit Agrippa s'armant de sa baguette et posant sur un marbre la fiole de poison à moitié pleine, est-ce pas un piége de mes ennemis pour m'occire malement?

—Maître, dépêchez d'obéir au bon plaisir du roi, et ouvrez l'huis pour voir ce que c'est.

— Point, madame; le nom du roi n'est qu'illusion en cette occurrence, et m'est avis que ces gens sont envoyés des jésuites de Dôle pour me démontrer plus clairement

la vanité de toutes choses. Or, à qui vais-
je recommander mon ame? à Jéhovah? à
Jésus? à Mahomet? à Lucifer?...

— M'aide Dieu! quelqu'un geint et soupire
à votre porte! est-ce pas un meurtrier envoyé
contre moi par Charles de Bourbon? ou
plutôt l'ame en souffrance de M. de Saint-
Vallier, ce pauvre vieil homme, qui serait
trépassé de mort naturelle avant que d'aller
pendre aux fourches de Montfaucon?

— Ange ou démon, vivant ou mort, je
t'adjure par la monosyllabe hébraïque de Jod!
Si tu machines desseins pervers et péché
mortel, arrière et onc ne reviens! au contraire, si tu as bonne et louable intention,
arrière et ne reviens qu'au grand jour.

Après cette allocution, il se tut un moment
pour en attendre les effets : on entendit au
dehors le bruit d'une lutte, des soupirs en-
trecoupés, quelque chose enfin qui s'agitait
en tous sens, et battait alternativement le
plancher et la muraille.

— Monsieur, n'oyez-vous rien de ce va-

carme? dit Agrippa, qui, ne sachant s'il
devait ouvrir, demanda conseil à son chien.

— Sur mon ame! interrompit madame
d'Angoulême, dès qu'elle aperçut le chien
noir léchant les pieds de son maître, onc ne
visiterai désormais ce repaire de démons et
d'enchantemens! le seigneur Dieu m'excuse
d'y être venue à nuit!

— Madame, reprit Agrippa redevenu
tranquille d'après la contenance de son
chien, Monsieur vous enseigne à n'avoir
crainte aucune de ce, ni de rien.

Le chien noir ayant caressé l'astrologue,
dressa les oreilles, remua la queue, parut inquiet, s'élança vers la porte en pleurant, en
flairant, en grattant, en jappant jusqu'à ce
que la porte mal fermée cédât enfin à ses
efforts, s'entre-bâillât et lui livrât passage.

— Tout beau! Monsieur, criait Agrippa
qui n'osait le suivre, tout beau! ou bien je
vous enchaîne durant neuf fois cent ans.

Le chien grondait plus fort sans revenir à
l'appel d'Agrippa, quoique celui-ci redoublât

IV.   1.

ses menaces et ses imprécations. Enfin le chien, poussant avec son museau la porte, qui s'ouvrit tout entière sur ses gonds graissés, attira dans la chambre un corps humain, replié sur lui-même, qui était sans mouvement et qui semblait sans vie.

Agrippa et madame d'Angoulême regardaient avec une muette horreur cet objet informe, que l'obscurité du lieu ne permettait pas de distinguer ; mais le feu de soufre projetant un reflet bleuâtre sur un visage pâle aux traits décomposés, Agrippa les reconnut en poussant un cri de douleur et en se frappant la poitrine.

— Caillette ! s'écria-t-il, mon fils ! mon élève ! mon ami ! qui t'a réduit en cet état ! O gentil Caillette, es-tu donc trépassé ?

— Notre-Dame ! s'écria la duchesse d'Angoulême, dites-vous vrai ? Caillette est défunt !

— Hélas ! hélas ! pauvre insensé, il s'est donné la mort par déplaisir !

— Je partage votre peine, mon père :

faites-moi savoir, je vous conjure, qui je dois
châtier en ressentiment de cette perte lamen-
table? car je n'ai onc vu plus plaisant et plus
galant jeune gars que ce Caillette, qui fut
seulement trop insensible à l'amour !

— Plût à Dieu!... Donc, me faut-il dé-
laisser fourneaux , alambics, retortes, cor-
nues , lunettes et toutes sciences, tout mon
bonheur terrestre, puisque mon petit Caillette a mis au tombeau mes espérances
avec mon héritier !

Pendant cette oraison funèbre, le chien
noir continuait à se plaindre et à gronder
auprès du corps qu'il avait amené aux pieds
d'Agrippa.

L'astrologue considéra de nouveau cette
figure inanimée, en approcha la sienne, et
jetant une exclamation de joie , arracha le
bâillon de cuir qui meurtrissait la bouche de
Caillette, délia les cordes dont ses pieds et
ses mains étaient garrottés, et lui porta des
secours qui, quelques momens plus tard,

eussent été inutiles, Caillette ayant perdu
connaissance parce qu'il étouffait.

Dès que l'air put arriver aux poumons,
la respiration interrompue reprit son cours,
et avec elle le sang retrouva son équilibre.
Caillette, rouvrant les yeux, les arrêta en
silence tout pleins de larmes, sur le visage
triste encore du vieillard, tandis que le
chien noir se dressait sur ses pattes de derrière, et paraissait aussi joyeux qu'Agrippa
de cette résurrection à laquelle il n'était pas
étranger.

— Ah! monseigneur, dit Caillette à l'astrologue, je vous veux du mal pour m'avoir
réveillé à l'existence, lorsque j'étais presque
endormi sous les pavots du trépas?

— Mon fils, répliqua sévèrement Agrippa,
imitez la résignation du bonhomme Job dessus son fumier, et faites cas de cette sage
parole biblique : *Vanité des vanités, tout n'est
que vanités !*

— Dis, enfant, repartit madame d'Angoulême, quels sont ces méchans qui t'a-

vaient de la sorte embéguiné? Aié fiance en
mon amitié, et tes injures seront moult re-
vengées.

— Madame! s'écria Caillette, se levant de
l'escabelle où l'avait fait asseoir Agrippa,
et courant à la porte pour sortir, aussitôt
que la mémoire lui revint : il ravit à cette
heure ma très honorée dame, et de force
l'emmène ne sais où, pour ses mauvais
desseins!

— Holà! je vous somme de n'issir point
de ce cabinet sans le bon plaisir de madame! dit Agrippa, qui, se souvenant de
l'ordre du roi, ferma la porte à double tour,
et garda la clef dans sa manche.

— Çà, mon cher fol, est-ce démence ou
raison? ajouta la duchesse d'Angoulême
attirant à elle Caillette par le fourreau vide
de son épée. Eh! quelle dame est donc ra-
vie, s'il vous plaît? me semble que c'est
moi en vous voyant, ingrat garçon...

— Par la morbieu! repartit Caillette avec
impétuosité : ne prétendez pas me retenir

prisonnier en ce lieu ni ailleurs ! Il est besoin que je parte et tôt ; tout instant consumé sans fruit est irréparable, et jà peut-être
ai-je trop attendu ! Vite, souffrez que j'aille
en liberté, ou de cette fenêtre en bas la
route sera d'autant moins longue !

— N'en faites rien, je vous supplie, s'é-
cria madame d'Angoulême, qui se jeta au-
devant de lui pour s'opposer à sa fatale résolution : me haïssez-vous à ce point de pré-
férer la mort à ma compagnie ?

— Maître ! seigneur Agrippa ! disait Caillette en joignant les mains et en pressant
celles de l'astrologue, ne me poussez à ces
extrémités, et si êtes ou fûtes de mes
amis, rendez-moi délibéré avant qu'elle soit
loin et hors d'atteinte !

— Mon fils, ce qui devait advenir est
advenu, répondit Corneille Agrippa avec
autant de froideur que Caillette mettait de
chaleur à s'exprimer ; Diana est désormais
au pouvoir de plus grand que vous n'êtes,
et la faute ne vous saurait être aucunement

imputée, pour ce que les ordres de messire de Saint-Vallier n'ont été accomplis à souhait.

— Qu'est-ce à dire de madame Diane de Brézé? interrompit aigrement la duchesse d'Angoulême; aura-t-elle la fortune d'être long-temps dame et amie du roi?

— De par Dieu! cela n'est et ne fut, cela ne sera point! répliqua Caillette; oh! dites que ce ne sera.

— En toutes choses commencement regarde la fin, objecta le docteur Agrippa par distraction plutôt que par malignité; or, à cette heure, la belle fugitive Hélène a parfait sa destinée ou peu s'en faut, sans qu'il en résulte une autre guerre de Troie.

— C'est mensonge insigne et impie! rétorqua Caillette furieux : l'honneur de ma dame est net et intact! le roi n'ira point jusques à Blois, je proteste!

— Le cas peut échoir, dit gravement Agrippa.

— Notre-Dame! se récria madame d'An-

goulême transportée d'une joie vindicative;
monsieur mon fils vient d'enlever sa mie et
la conduit au château de Blois pour être plus
à l'aise dans ses ébats? Voilà certainement
nouvelle inespérée, et je te loue, Caillette,
de me l'avoir apprise.

— O madame, très vénérée dame, dit
Caillette trompé sur le sens équivoque de
ces paroles, est-ce pas que vous vous voudrez bien employer à remettre Diane en
mes mains? un cheval au galop aura tantôt
joint le ravisseur... Ains, s'il ne suivait la
route de Blois? si, d'autre part, il tendait
devers Ambroise, devers Fontainebleau, devers Compiègne ou ailleurs? où aller? où
ira-t-il? Ah! que je l'atteigne et que je
meure après!... De grace, maître, inspec-
tez vos grimoires et influences célestes, ensuite dirigez ma poursuite en la meilleure
voie...

— *Sela!* fol affolé, dit Agrippa, possible
que le roi notre sire s'en aille à son château
de Blois, possible non; donc, s'il fait ce,

voyage, possible qu'il séjourne par le chemin, soit à Orléans, soit à Cléry, soit...

— Il ne vous importe connaître où va le
roi, dit madame d'Angoulême en imposant
silence à l'astrologue, et le mieux est qu'il
demeure absent un seul jour; ce pendant,
point ne chômerai-je, non plus le Parlement,
non plus le bourreau...

— Par mon salut sempiternel! interrompit Caillette secouant le bras d'Agrippa, j'aurai vite fait de le rejoindre, et, pour ce,
faut-il que je sorte par cet huis?

— Point ne sortirez, dit Agrippa.

— A quelles fins sortir, ajouta madame
d'Angoulême.

— Pour faire rétrograder le roi, ôter de
son pouvoir madame Diane, la préserver de
toute injure, et tâcher qu'elle retourne en
Normandie vers son mari, comme à Paris
mondit roi vers la reine!

— Ce serait trop rude besogne à faire,
mon aimable fol, dit Louise de Savoie en
éclatant de rire; mais il me souvient qu'a-

vez la fièvre chaude à la tête, c'est pourquoi
le seigneur Agrippa fera bien à propos de
vous guérir.

— Madame, octroyez-moi par votre bonté
un cheval de vos écuries, selle au dos et
mors à la bouche? je vous veux ramener le
roi devant l'angélus de midi!

— Mieux vaudrait le distraire de revenir!
toutefois je sais bon gré à mon joli Caillette
de m'avoir baillé ce trois fois heureux avertissement.

— Madame, par les mérites de la vraie
Croix!... Maître, *in nomine dei tetragam-*
maton? prenez ma vie tout d'un coup, sinon
consentez à ce que j'aille courre après l'autre
part de moi-même, qui me quitte! Mais je
n'ai que faire de cheval, ni de coche : je sens
ferme courage de marcher pédestrement;
du moins, verrai-je madame Diane à mon
heure suprême, et lui rendrai mon ame
plutôt qu'à Dieu!

— Mon père, dit à Corneille Agrippa la
duchesse préoccupée d'amères réflexions,

ne vous épargnez à soigner et veiller ce dé-
plorable insensé, crainte que dans sa fré-
nésie il se jette à bas de la tour. Mais par
dessus tout, avisez à le tenir en chartre-
privée jusqu'à l'heure où il ne nous pourra
nuire. Dieu vous garde et vous remette en
santé, mon cher fils !

Agrippa entr'ouvrit la porte pour madame
d'Angoulême, qui lui parla bas en désignant Caillette, et qui se retira seule dans
la nuit que ne blanchissait pas encore le
crépuscule du matin.

Caillette était resté debout, enchaîné à
sa place par le respect ou plutôt anéanti
par le désespoir ; mais le grincement de la
porte qui se refermait lui rappela sa captivité : d'un seul bond il se précipita contre
cette porte close, et faillit renverser Agrippa
qui voulait le retenir en l'embrassant.

— Diana, ma noble et chère dame ! criait-
il en heurtant avec fracas la porte épaisse :
à vous suis dévoué ou à la mort ! celle-ci
tant seulement me sera fidèle.

— *Hairta kadermatatron!* répondit l'astrologue irrité, soulageant sa mauvaise humeur sur son chien qu'il chassa d'un coup de pied; Caillette, est-ce pas des vanités la première que de convier le trépas sans raison de valeur, et peut-être sans volonté de l'éprouver? si tant est que tu penses à laisser la vie avant le tems préfix, péché moult détestable contre la divine Providence, voilà de quoi, à savoir : dagues, couteaux et fers tranchans, trempés du venin des serpens; puis, cette fiole de poison extrait de plantes et de sucs mortifères : deux gouttes de cette liqueur versées sur la langue d'un oriflant ou d'une baleine suffisent pour que mort s'ensuive tout à l'instant. Or dis-moi, Caillette, à quel parti tu t'arrêtes? Vivre ou non?

Caillette, attentif à ces paroles, était en proie à mille combats qui se livraient en son for intérieur; il portait un œil d'envie sur la fiole, et soudain il avança la main pour la saisir; l'astrologue comprit ce mouvement.

— Caillette, lui dit-il d'une voix pater
nelle en lui retenant le bras, était-il besoin
de t'enseigner toutes sciences de philosophie ? Chimie, médecine, décret, magie,
astrologie, religion, tout cela et plus te devait rendre souverain docteur ; je t'aimais
ainsi que mon propre fils, et pensais pour
héritage te laisser le Grand-Œuvre, si toutefois il est. O la honteuse et laide chose qu'in-
gratitude ! Méchant, quel prix me bailles-tu
en récompense de si rare amitié et de ces
bienfaits si numéreux que je faudrais à en
dire le compte ! O cent fois ingrat seras-tu
de descendre au sépulcre sans en être requis
par l'impitoyable mort, et avant ton maître
usé moins d'âge que de veilles ! Caillette,
mon très cher disciple, où s'est envolée ta
sagesse et prudence ? Toi défunt, je mour-
rais de même, ce me semble, ou ne vivrais
plus que consumé d'ennui. . .

— Mon bon seigneur, répondit Caillette,
touché de ces marques d'affection, en ceci
je reconnais bien mon tort, et, au lieu de

me tant déconforter, devrais-je plutôt exciter mon ame au courage ; certes, à si grand souci ne faut-il pas opposer si petit remède : secourez-moi donc d'un profitable conseil en ce fâcheux étrif !

— Ayant voulu périr par le poison, es-tu pas capable d'une non moins héroïque résolution ?

— Oui, vraiment, sur mon ame! pourvu que jetiez un peu d'eau pour éteindre les ardeurs inquiètes de ce cœur demi-consumé.

— Jure donc de faire ce qui te peut guérir ou tout au moins adoucir ce feu intérieur trop cuisant !

— Volontiers, je jure par la couronne d'épines et les sacrées plaies de Jésus notre Seigneur !

— J'ai toute assurance en ce beau et solennel serment. Or, mon Caillette, à risque de te parjurer, sans attenter davantage à ta personne, sieds-toi de bon accord et ne cesse de lire au livre du Nouveau-Testament, jusqu'à ce que j'aie bluté le vrai et trié le faux en la Morale d'Aristoteles.

Caillette s'attendait peu à cette singulière admonition; il crut d'abord que c'était un reproche indirect contre son agitation d'esprit, qu'il ne pouvait si bien contraindre qu'elle ne parût dans ses gestes et sur son visage. Mais il ne douta plus de la pénitence qu'on lui imposait, lorsqu'il vit Corneille Agrippa, renfermé dans une méditation silencieuse, lui présenter la Bible latine et s'isoler soi-même dans une lecture réfléchie des œuvres d'Aristote.

Vainement Caillette lui adressa la parole, en le suppliant de ne pas profiter d'un serment téméraire, Agrippa ne répondait que par un signe tacite, montrant la Bible ouverte sur la table.

Caillette trépignait, grinçait des dents, allait de la porte à la fenêtre, soupirait, demeurait immobile, écoutait, et recommençait à se désespérer. Enfin, après avoir tenté tous les moyens d'émouvoir son impassible

geôlier, il se jeta de découragement sur un
escabeau, cacha sa tête dans ses mains, et
déplora long-temps son malheureux sort.
Puis, quand ses larmes furent taries, il
prit négligemment les Saintes-Écritures qu'il
avait dédaignées, lut au hasard, presque
avec répugnance, et goûta bientôt les di-
vines consolations qu'il trouvait à chaque
page.

Cette lecture l'absorba tout entier, et si
absolument, que le soleil éclairait le laboratoire quand il sortit de cette pieuse méditation où son ame se dégageait du corps
pour s'entretenir face à face avec Dieu : il
se réveilla comme d'une profonde léthargie;
rassembla ses idées, prêta l'oreille en re-
gardant autour de lui, et secoua fortement
Agrippa, qui s'était endormi au milieu de
la Morale d'Aristote.

— Maître, lui dit-il, ayant tenu ma parole aussi fidèlement, bien qu'elle fût surprise, j'ai bon espoir que me donnerez
congé à cette heure?

— Par le Dieu d'Abraham ! reprit Agrippa,
la philosophie du seigneur. Aristotelès me
semble incomparable, si ce n'est que les
erreurs, confusions, doutes et vanités y
abondent de toutes parts. Rien de parfait
en ce qui vient des hommes !

— Maître, Aurore a ouvert les portes d'O-
rient, et la vôtre est encore close. Quelle
heure ? le jour est clair levé, et j'ai hâte de
partir pour voir ce qui se passe et s'est passé,
hélas !

— Oh ! nenni, vous ne sortirez point,
mon cher et obéissant Caillette : le roi et
madame sa mère vous dénient toute liberté,
et m'ont fait gardien de votre personne ;
donc, vous ne voudrez point me causer ce
souci d'avoir à répondre de votre fuite ; car
possible serait que la punition retombât sur
mon chef innocent. Est-ce pas, mon fils,
que tu te garderas de m'apporter tel grief
et péril ?

— Oui-da, monseigneur, j'obtempère à
prendre patience, et ici vais demeurer, ce

pendant que vous aviserez à vous munir de
nouvelles, les plus avenantes que vous pourrez, pour me réconforter.

— Il me plaît de faire ce que bon vous
semble, mon fils, et, moyennant vos promesses de demeurance pacifique, voici que
je reviens tout-à-l'heure vous redire en écho
les cent voix de la déesse Renommée.

— Mon second père ! n'omettez de trans-
mettre de ma part à madame Diane, que
j'eusse souhaité rendre l'ame avant cette
nuit malheurée.

Corneille Agrippa, le cerveau encore obscurci des nuages du sommeil et d'Aristote,
sortit lentement de son laboratoire sans
faire attention à ces derniers mots, que
Caillette prononça d'une voix sourde et pé-
nétrée.

Lorsque l'astrologue fut dehors, lorsque
ses pas lents et graves retentirent en s'affai-
blissant sur les marches de l'escalier, Caillette ne déguisa plus son projet de suicide,
courut à la fiole de poison, la déboucha ré-

solument ; et levant les yeux vers le ciel, il
se recueillit dans une prière fervente, dit
adieu à l'infidèle Diane, à son maître Agrippa, et caressa d'une main brûlante de fièvre le chien noir, qui bondissait autour de
lui, comme pour s'opposer à son fatal des-
sein.

— Seigneur, mon Dieu ! pensait-il en
lui-même : il ne vaut rien vivre en angoisses
et tourmens ; désormais, dans ce bas monde,
espérance est morte pour moi, et Diana
devient l'amie de sa majesté !... Certes, à la
misérable condition de fol en titre d'office
royal, je préfère le purgatoire pour expier
l'attentat qu'il me coûte de commettre envers moi-même... Messeigneurs les saints,
tenez-moi sous votre digne garde !

— Il approchait le poison de sa bouche,
quand il entendit du bruit dans l'escalier;
il reconnut la voix d'Agrippa, et, ne vou-
lant pas que le spectacle de son agonie affli-
geât ce vieillard qui l'aimait, il remit à un
autre moment l'exécution de son funeste

projet, et il cacha précipitamment la fiole dans son pourpoint.

L'astrologue et la duchesse d'Alençon entrèrent ensemble.

— Caillette, lui dit Marguerite de Valois, es-tu pas encore dévoué serviteur de M. de Saint-Vallier et de madame Diane?

— Oh! certainement, reprit Caillette avec transport; mon plus cher désir fut toujours de mourir à l'intention de Diana!

— Çà, mon pauvre Caillette, s'écria maître Agrippa, quel malin démon vous a mis cet égarement aux yeux, et ces pâles couleurs à la joue? Vous sentez-vous malade, mon très cher fils!

— Mes maux, fussent-ils pires, répondit tristement Caillette, seront tantôt guéris, et onc n'aurai-je besoin de médecin!

— Mon ami, reprit madame Marguerite, si tu sens gros attachement au cœur pour M. de Saint-Vallier, vois à l'aider et secourir, s'il en est temps encore; car, ce jourd'hui, suivant l'arrêt, il aura le chef tranché sur un échafaud en place de Grève.

— Eh quoi! interrompit Caillette avec un mouvement de joie irréfléchie, Diane, sa chère et vertueuse fille, a donc renié l'amour du roi ?...

— Hélas! non, et plût à Dieu! répliqua la duchesse d'Alençon : madame de Brézé est hors Paris, par voies et par chemins, avec le roi, et, ce pendant, madame ma mère veut que l'arrêt soit mis à vide.

— Opposez-vous, s'il vous plaît, à cette méchanceté de madame d'Angoulême, mon honorée dame et maîtresse! le roi, notre sire, vous dira merci; car Diana sentirait douleur inconsolable, et sa majesté véhément courroux, si d'aventure ce vieux gentilhomme était mené au supplice.

— Adonc, mon petit, vite il te faut chevaucher à la grace de Dieu, afin que tu puisses rejoindre et avertir monsieur mon frère, partout où il soit allé avec sa belle.

— Que s'en vont dire le roi et madame
d'Angoulême, mon prisonnier s'évadant?
murmura l'astrologue avec une moue élo-
quente.

— Ne vous arrêtez à si peu, mon maître,
répondit madame Marguerite, le cas me
regarde. Sur ce, Caillette, à cheval, et ne
chôme point!

— A Dieu plaise! madame, et les éperons
me tiendront lieu d'ailes pour voler. Mais,
ce pendant, s'il advenait que le seigneur de
Saint-Vallier...

— Efforce-toi de rencontrer seulement
le roi, lequel a promis, par sa foi de
gentilhomme, qu'aucun ne serait mis à
mort sans mon agrément. Toutefois je m'en
vais tant et tant crier merci à madame notre
mère...

— Ce sont-là paroles jetées au vent,
interrompit froidement Agrippa qui feuil-
letait un de ses manuscrits, car déjà le
condamné pâtit, gêne et torture à l'extraordinaire...

— Oh! oh! se récria Caillette en gémissant, les méchans juges !...... Madame
Diane aura douleur bien poignante, parce
qu'elle aime et vénère son honnète et
vénérable père.

Tout-à-coup Caillette, par une idée subite
qui animait d'un sourire son visage souffrant, fouilla dans ses habits, et en tira un
parchemin roulé qu'il froissa dans ses doigts
avec une joyeuse exclamation.

— M. de Saint-Vallier étant sauvé, s'écria-
t-il, Diana sera bien contente!

Agrippa et Marguerite de Valois le regardaient sans deviner la cause de cette subite
gaîté, qu'ils attribuèrent à l'excès du désespoir.

Caillette se jeta hors de la chambre,
franchit par bonds les degrés, traversa en
courant les préaux, les cours, les galeries
de l'hôtel des Tournelles, et s'élança dans
la rue.

XII.

Là sont les cloudz, desquels sur le Calvaire,
Aux mains, aux piedz, Seigneur Christ feut percé ;
Les gres et rocz, non plus legiers que verre,
Dont feut Estienne à grands coupz renversé ;
Verges de fer, qui sainct Vincent fesserent ;
Gril tout ardent, où sainct Laurent pastit :
Car les chrestiens, qui Jesus confesserent,
Feurent des Juifs mis à mal un petit.

LE MARTYRE DE SAINCT NITOUCHE.

XII.

Le chancelier Duprat, après avoir tenu
conseil jusqu'au jour avec la duchesse
d'Angoulême, alla de grand matin au Parlement réclamer de par le roi l'exécution de
l'arrêt du seigneur de Saint-Vallier.

— Messieurs, dit-il effrontément dans
le grand-conseil, sa majesté, devant que

de partir pour son château de Blois, pria
madame sa mère de faire bonne justice des
gentilshommes de Charles de Bourbon, ci-
devant connétable; ce pourquoi je vous requiers, tous délais cessant, d'ordonner que
Jean de Poitiers, sieur de Saint-Vallier, soit
mis à la question, et ensuite à mort.

— Monseigneur, répondit le premier
président de Selve, aux termes de l'arrêt,
ledit de Poitiers doit subir son jugement :
ains, le roi ayant fait surseoir à l'exécution...

— A cause de la maladie survenue au
condamné, tellement que hier mondit sire
entra en grosse colère de ce qu'on avait
sursis trop long-temps à l'arrêt prononcé,
et me somma d'y aller voir auprès de vous,
messieurs.

— La volonté du roi soit faite en tant
qu'elle aura droit, conclut M. de Selve; la
Cour, prenant lesdites semonces en considération, veut que l'arrêt reçoive son effet
ce même jour seizième de février.

Ces paroles furent suivies d'un silence
d'indignation contre le roi et son chancelier;
Duprat retourna triomphant auprès de madame d'Angoulême pour lui apprendre
le succès inespéré de cette cruelle dé-
marche.

Vers dix heures du matin, Nicolas Malon, notaire et secrétaire du roi, greffier-
criminel, accompagné de Jean Vignolles,
son confrère, l'un des quatre notaires de
la Cour du Parlement, et de plusieurs
commissaires et archers de la ville, se
transporta dans la prison de M. de Saint-
Vallier, qu'il trouva disant ses oraisons à
genoux.

Ce vieillard, à peine guéri de l'aliénation
mentale qu'une douleur trop vive lui avait
causée tout-à-coup, était encore d'une
grande faiblesse de corps et d'esprit; il
n'avait pas proféré une seule fois le nom de
sa fille depuis le jour de leurs adieux, et il
donnait tout son temps à des excercices de
dévotion contemplative.

Il vit entrer sans aucune émotion le
greffier-criminel et sa suite. Maître Jean
de Surie, premier huissier du Parlement,
lui enjoignit de se lever pour entendre son
arrêt : il se leva d'un air calme et résigné.

Maître Malon lut à haute voix l'arrêt qui
suit :

« Vu par la Cour les procès, charges,
confessions et affirmations faites par les
commis et députés du roi, naguère envoyés
en icelle par ledit seigneur, à l'encontre de
messire Jean de Poitiers, chevalier de l'ordre,
sieur de Saint-Vallier, prisonnier en la
Conciergerie du Palais ; pour raison de
plusieurs séditions, conspirations, conjurations et machinations, par lui et autres
ses alliés et complices, commis et perpétrés
contre le roi et son royaume, et, ouï sur
cet interrogé ledit prisonnier en ladite
Cour : a déclaré et déclare icelui de Poitiers
crimineux de lèse-majesté, et comme tel
l'a privé et débouté de tous honneurs, dignités, prérogatives et prééminences qu'il a

eus du roi ; et, pour raison et réparation
desdits cas, l'a condamné à être mené des
prisons de ladite Conciergerie jusqu'en la
place de Grève de cette ville de Paris, et là,
sur un échafaud qui, pour cet effet, sera
dressé, avoir la tête tranchée ; et déclare
ladite Cour, tous et uns chacuns ses biens
acquis et confisqués au roi. Étant retenu
in mente Curiæ, qu'avant que procéder à
l'exécution de ce présent arrêt, ladite Cour
a ordonné et ordonne ledit Saint-Vallier être
mis en torture et question extraordinaire
pour savoir par sa bouche la vérité plus ample
des autres complices qui étaient à faire ladite conspiration, et pour répondre aux in-
terrogations qui lui seront faites par ladite
Cour. »

— Amen ! s'écria M. de Saint-Vallier
faisant le signe de la croix et continuant
une prière.

— Compère, dit bas à maître Malon le
premier huissier Surie, ce pauvre gentilhomme me semble plus innocent que ne suis

moi-même, et certainement un si bon chré-
tien n'a pas méfait.

— Ce n'est pas votre affaire, monsieur
mon maître, répondit le greffier d'un ton
insouciant. Faut que notre charge se fasse :
quant à moi, après avoir tenu acte de l'exécution, j'irai souper et mener joyeuse vie
chez les commères.

— Çà, répliqua l'huissier, dame Malon
est-elle pas revenue au logis?... Tenez-vous
cois, messieurs? ajouta-t-il en se tournant
du côté des archers qui riaient entre eux.

— Jean de Poitiers, dit Nicolas Malon,
allez être conduit en la chambre de la
question.

— Amen! s'écria encore M. de Saint-
Vallier, qui se mit en devoir de suivre le
greffier-criminel, et se laissa lier les mains.
Messieurs, reprit-il avec calme, n'appré-
hendez nullement que je m'évade : la prison
la plus dure est celle de l'ame au corps ;
c'est au bourreau qu'il appartient de rompre
ces liens charnels.

Il tint beaucoup de paroles édifiantes qui émurent les assistans jusqu'aux larmes, excepté maître Malon, endurci par état plutôt que par caractère, et il entra, le visage serein, dans le lieu où allait commencer son martyre.

Le chancelier Duprat avait voulu être présent à l'interrogatoire, sans doute afin d'imposer silence à la pitié des juges, qui devaient à regret constater les tourmens d'un vieillard, les présidens de Selve et Leviste, avec dix ou douze conseillers, avaient pris place autour des instrumens de torture, et ils attendaient, droits et immobiles comme des statues : car les émotions des magistrats sont toujours intérieures.

Dans cette chambre, qui, semblable à la gehenne peinte dans l'Évangile, n'entendait que des sanglots et ne voyait que des grincemens de dents, ce n'étaient que chevalets, brodequins, coins, roues, tenailles et pinces, tout un appareil effrayant de

supplices, dont le moindre était cent fois
pire que la mort?

Le chancelier, ayant remercié au nom du
roi ie Parlement de ses bons offices, s'assit,
l'air radieux, vis-à-vis d'une petite porte
fermée, qui avait un petit guichet à triples
barreaux de fer, entre lesquels deux yeu.
enflammés luisaient dans l'ombre.

Lorsque M. de Saint-Vallier fut introduit
et s'avança, la tête haute, au milieu de l'assemblée, il y eut un profond silence, troublé
seulement par une respiration gênée et un
frissonnement qui attirèrent les regards du
patient vers l'endroit d'où s'élevait ce léger
bruit, annonçant la présence d'un témoin
invisible; en même temps s'éteignirent les
yeux qui flamboyaient derrière le treillis de
fer, et M. de Saint-Vallier se prit à sourire
avec dédain.

— Jean de Poitiers, lui dit Duprat en
fronçant le sourcil, avant qu'être mis à
la gêne et question extraordinaire, nom-
mez vos complices, afin que par-là obte-

niez indulgence de Dieu, sinon des hommes ?

— Je n'eus onc complice aucun, et suis innocent du tout, reprit fièrement le comte de Saint-Vallier.

— Déclarez, de bonne grace et sans contrainte, la vérité tout au long, dit le président Leviste continuant l'interrogatoire.

— Je n'ai autre chose à dire que ce que j'ai dit en mes confessions à monsieur le président de Selve, ci-présent; mandez-en la teneur, s'il vous plaît.

— Avez-vous jamais su qu'il fût nouvelle de mettre la main sur la personne du roi et de messieurs les enfans de France?

— Fi! monseigneur de Bourbon était le meilleur sujet du roi notre sire; d'ailleurs je m'en rapporte à ce que précédemment j'ai confessé.

— Ledit sieur de Bourbon vous a-t-il pas nommé le nom de six cents hommes de pied, lesquels devaient seconder ladite conspiration?

— J'atteste n'avoir rien de plus à révéler, et en preuve de quoi je baille licence à mon père confesseur de publier le mystère de ma confession; cessez donc de m'interroger, car j'ai vergogne de crier mon innocence dans le désert.

— Oui-da, s'écria le chancelier; la gêne a mainte fois délié la langue à de plus muets, et il est bon de faire état de votre constance à mentir envers la loi. Or, sus, sus, besognez fort et ferme, maître exécuteur!

Pendant que le bourreau, aidé par ses valets, disposait à coups de marteau les vis, les ressorts et les clous des chevalets, Braillon, médecin de la Conciergerie, grand, sec, maigre et blême, impassible dans ses fonctions, comme un instrument de torture, s'approcha de M. de Saint-Vallier, qui, tout entier en prières, ne prit pas garde à cette enquête médicale, cruel simulacre d'humanité.

Cependant ce docteur lugubre, dont le ministère était de veiller à ce que la question n'allât pas jusqu'à mettre en danger la vie des condamnés, examina plus attentivement qu'à l'ordinaire le pouls et le visage de la victime.

— Messeigneurs, dit-il timidement, le sieur de Poitiers est débile, fiévreux et inquiet, en suite de sa grosse maladie, tellement qu'il peut rendre l'esprit parmi les angoisses de cette passion.

— Selon l'usage observé en semblable cas, répondit le président de Selve, ordonnons qu'il soit fait sursis à l'exécution de l'arrêt dudit de Poitiers.

— Par Jupiter! se récria le chancelier, ce serait moquerie aux ordres exprès de sa majesté, et telles raisons ne valent rien à cette occasion. Donc, point de retardement, Messieurs?

— Monseigneur, reprit le médecin, m'aide Dieu si j'offensai, sans y penser, quelqu'un de céans! Ce que j'en ai dit vous soit un avertissement, car j'assure que pas un de la Faculté de Paris ne dirait autrement, pour ce que le sieur de Poitiers, tout chétif et affecté, eu égard à son vieil âge...

— A demain le demeurant! interrompit le chancelier avec colère, avisez d'abord, monsieur Braillon, à vous guérir vous-même de trop parler. Eh! voyez, Messieurs, que ledit de Poitiers, mieux portant que vous n'êtes, n'ose soutenir le mensonge de ce médecin doux comme duvet d'oison? Vite, vitement, maître exécuteur, jouez du chevalet pour toute musique.

Les valets du bourreau s'emparèrent de M. de Saint-Vallier, qui, sans discontinuer ses oraisons, demeurait passif et indifférent à tout; ses pieds, ses genoux furent mis à nu et rapprochés étroitement l'un de l'autre par des nœuds de cordes redoublés.

Une espèce de rire étouffé partit encore du guichet, où les yeux brillans avaient reparu, et le président de Selve s'agita sur son siège.

— Compère, dit le chancelier à l'exécuteur, qui plaçait le premier coin entre les genoux serrés du patient, ne va pas frapper de ta masse dessus le tibia de ce digne gentilhomme?... Ainsi soient châtiés les alliés et complices du ci-devant connétable de Bourbon!

— Silence, et bouche close! cria l'huissier d'après un geste de M. de Selve.

— Messire Duprat, dit encore M. de Saint-Vallier rassemblant toutes les forces de son ame, faites asavoir à monsieur mon gendre, Louis de Brézé, comte de Maulevrier et grand-sénéchal de Normandie, comment et de quel air, moi, vieil et noble seigneur, qui n'ai mérité pareil traitement, subirai la gêne et la mort.

Après cette courte allocution, qui fit rougir le chancelier, moins de remords que d'impatience, l'exécuteur s'arma de son marteau prêt à enfoncer le coin à travers

les chairs déchirées et les os rompus. La
porte de la salle fut ouverte avec fracas,
et Caillette, les yeux hagards, la bouche
béante, les cheveux et les habits en désordre,
s'élança d'un bond dans la chambre de la
question, en répétant à pleine voix :

— Arrêtez! arrêtez, de par le roi!

— Qui donc a donné entrée à ce fol? dit
le chancelier irrité d'un nouveau délai.

— Que veut-on, de par le roi? répliqua le
président de Selve; sont-ce lettres missives
ou patentes?

— Nenni, repartit Duprat montrant le
poing à Caillette, ce n'est rien que le
premier fol du roi qui s'en vient divertir
le patient de ses douleurs, et lui prêter à
rire.

— Monseigneur le président, répondit
Caillette en présentant un parchemin à
M. de Selve; je requiers remise de l'exécution jusqu'à ce que sa majesté soit pré-
sente.

— Ne vous souciez de ces balivernes

malhonnêtes , interrompit Duprat allant
droit à Caillette, qui ne recula point; ce
méchant fol est venu mal à propos en si
grave séance : je veux qu'il soit, pour son
châtiment, fustigé tant que dureront les
question et interrogatoire du sieur de Poitiers.

— Messieurs, dit le président de Selve,
lisant tout haut, voilà ce qui est écrit :

« Moi, le roi François, par la grace de
Dieu, voulons et ordonnons que, ces présentes vues et mon seing reconnu, obéis-
sance soit faite au porteur d'icelles lettres,
de même qu'à ma personne royale.

« FRANÇOIS. »

— Par la morbieu! Messieurs, s'écria le
chancelier, rougissant et pâlissant tour à
tour, de vrai, ces choses sont-elles bien

écrites? Est-ce pas plutôt fausseté mani-
feste? Cette pancarte serait donc l'œuvre
des mauvais esprits?

— Çà, messieurs, je vous en rends cau-
tion, ajouta le président de Selve faisant
circuler le parchemin : telle est l'écriture,
tel le seing du roi.

— A ce point ne m'oppose, répondit le
chancelier en examinant aussi le parchemin;
l'écriture et le seing sont véritables ; sa
majesté, ne sais quand et pourquoi, écrivit
cet ordre que roba furtivement ce fol au-
dacieux, lequel on ferait bien de mener
pendre.

— La volonté du roi est expresse et en
bonne forme, dit solennellement M. de Selve, en vertu de laquelle je réclame suspen-
sion de l'arrêt jusqu'à nouvel informé en
Cour de Parlement.

— Par l'ânesse de Balaam ! s'écria Duprat, qui ne se contint plus, ce faux mandement n'étant scellé de cire verte à lacs de
soie, comme lettres-patentes, moi chance-

lier de France, je proteste à l'encontre de
ce qui sera fait d'après la requête de Caillette, fol en titre d'office royal.

— Messeigneurs, reprit vivement Caillette,
je vous supplie avoir égard aux pleins pou-
voirs que le roi, notre sire, a octroyés à son
indigne serviteur, et faire en sorte que l'exécution de l'arrêt de M. de Saint-Vallier n'ait
pas lieu devant le retour du roi, mon maître
et le vôtre.

— Tête-Dieu ! Messieurs, continua le
chancelier, sur ce je vous admoneste, afin
que n'encouriez pas la grosse colère de sa
majesté ; car possible serait qu'ayez à répondre de la fuite du prisonnier et des maux
inouïs qui en résulteraient.

— Messeigneurs, continua Caillette faisant disparaître sous ses habits le précieux
parchemin que lui rendit M. de Selve, dame
Justice obtempère à ces délaiemens qui,
peut-être, sauveront de mort ce vénérable
gentilhomme : le vouloir de sa majesté, clair
et précis, est exempt de toute controverse.

Après ce seing représenté, si vous passez
outre, mes bons seigneurs, je vous cite à
comparoir pardevant le tribunal du roi et de
Dieu.

— « Vu, par les conseillers de Parlement,
« desquels les noms s'ensuivent, un ordre
« revêtu du seing royal, dit le président de
« Selve dictant l'acte au greffier-criminel,
« après avoir recueilli, les avis des juges,
« ordonnons qu'il soit sursis à toute exécu-
« tion contre ledit de Poitiers, lequel sera
« remmené à sa prison de la Conciergerie, en
« attendant plus ample connaissance des in-
« tentions de notredit sire. »

Un profond soupir s'éleva au fond de la
salle quand les conseillers allèrent signer au
procès-verbal : le chancelier, dont la fureur
était au comble, se rassit sur son siége avec
un tremblement par tout le corps, en déchi-

quetant avec ses dents la fourrure de son mortier.

Caillette, les yeux mouillés de larmes de joie, s'approcha de M. de Saint-Vallier, qui le regardait avec attendrissement ; il aida les valets du bourreau à détacher les ligatures qui meurtrissaient les jambes du vieillard.

— O mon cher fils, dit à demi-voix M. de Saint-Vallier pressant dans ses mains celles du jeune homme, as-tu naguère obéi à mes plus empressés désirs ? autrement, je te voudrais du mal pour avoir fait obstacle à mon trépassement. Ma fille Diane a-t-elle compté pour rien ses grands sermens de retourner en la maison de son mari ?... Parle sans feintise, dût pour moi la vérité être pire que la gêne! Diana, depuis que je la vis et la priai de départir, est sans doute à son château d'Anet ?

Caillette baissa la tête, et une singulière expression de tristesse répandue sur tous ses

traits fut une réponse assez intelligible pour
le comte de Saint-Vallier.

Mais soudain la petite porte à guichet
s'ouvrit, et M. de Brézé, le visage plus hi-
deux que jamais; les yeux plus ardens, les
lèvres plus livides et le teint plus verdâtre,
sortit de sa retraite où il se préparait à goû-
ter le spectacle des souffrances de son beau-
père.

— Triomphez, exultez, réjouissez-vous,
seigneur de Saint-Vallier! dit-il avec un
rire infernal : certes, vous n'êtes point en
péril de mort, et bien plutôt avez droits acquis à l'amitié du roi!

— Ah! c'est donc vous, monsieur le
grand-sénéchal! répondit amèrement le vieux
gentilhomme : vous venez mal à propos,
d'autant que l'affaire de la question est
ajournée; ainz, s'il vous plaît, je n'oublierai
de vous faire avertir lorsqu'il en sera temps.

— Nenni, monsieur : madame votre fille,
ma très honnête épouse, dont j'enrage,
s'est moult employée à vous mériter indul-

gence plénière, voire à vous gagner récompense., dignités et sommes d'argent , auxquelles je prétends avoir meilleure part !

— Par la très haute lignée des Poitiers ! qu'entendez-vous par tels propos mal séans? trève à ces calomnies!

— Oui, rappelez à vous l'honneur de vos ancêtres et l'éclat immaculé de votre pennon ! c'est bien fait pour déguiser la vilenie de celle qui fut vôtre avant qu'être mienne...

— Qu'est-ce à dire de mon honneur, messire Louis de Brézé ? celui-là est lâche et diffamé qui outrage gens sans défense , soit un vieillard , soit un prisonnier, soit une dame !

— Demandez raison de cet outrage à madame de Brézé, présentement Diana, femme amoureuse et servante des plaisirs galans du roi.

— O Seigneur Dieu ! je craignais cela seulement non moins que péché mortel, et trop plus que le pire supplice !... Ah ! messei-

gneurs, accordez-moi cette grace, que j'aie
la tête tranchée tout-à-l'heure! oui ne me
refusez pas cet unique contentement! Vite,
bourreau, aiguise ta hache! grace! grace!
à savoir une prompte fin à cet extrême désespoir!

— Méchant, dit Caillette au grand-sénéchal, qu'il fit reculer d'un geste mena-
çant, damné sois-tu entre les plus pervers
démons! Oh! pourquoi ai-je fait vœu de
porter vide la gaîne de mon épée! ce serait
meurtre louable et profitable que d'envoyer
ton ame noire ardre au plus profond de
l'enfer!

— Saint-Vallier, ajouta M. de Brézé sa-
vourant sa vengeance avec une atroce opi-
niâtreté, vois la belle alliance que j'ai faite!
Es-tu pas enorgueilli d'avoir une Lucrèce en
ta famille? O la vertueuse dame, qui par
adultère rachète son père de l'échafaud!
Moi, l'époux d'icelle, j'ai le cœur quasi touché de cet héroïque abandon! En quel lieu
maintenant est-elle, cette Diane folle de son

corps ? au château de Blois, ensemble notre bon sire, et bientôt les naquets et petits pages, l'admirant dedans sa litière en bel arroi triomphal, diront entre eux : *O la bonne catin du roi !*

— Monsieur, s'écria le président de Selve, indigné de cette scandaleuse scène, quel que vous soyez, qui venez en face de la Cour injurier et opprimer ledit de Poitiers, je vous somme de vider les lieux à gré ou à force ; et, si vous fussiez de plus bas état, j'opinerais contre vous à un châtiment exemplaire de cette lâcheté.

— Messieurs, reprit aigrement M. de Brézé, je suis grand-sénéchal de Normandie, et partant j'use de mes prérogatives, qui me donnent accès en Parlement.

— Nonobstant, répliqua le président, j'ai puissance de vous donner congé, s'il plaît à la Cour, et en ce cas je vous réitère commandement de vous retirer tout d'abord.

— Ainsi fais-je, messieurs et le roi ju-

gera ce différend à mon avantage. Adieu
vous dis, monsieur mon cher beau-père,
ajouta-t-il avec une grimace ironique; je
m'en vais complimenter de votre part madame la maîtresse et bague du roi notre
sire!

M. de Brézé poussa de violens éclats de
rire, et quitta la salle sans daigner saluer
l'assemblée, que cet incident acheva de bien
disposer en faveur du comte de Saint-Vallier, qui restait pétrifié, sans mouvement,
sans voix, sans larmes et sans regard....

Caillette, s'efforçant de prendre un air
serein, se rapprocha du vieillard et lui tou-
cha la main, qui tomba froide et inerte dans
la sienne.

— Mon très honoré maître, lui dit-il en
hésitant, ne croyez rien de ces vilenies, et,
au contraire, réconfortez-vous; réduisant à
néant toute fâcheuse pensée. Vous n'avez
encore dit adieu à votre illustre château de
Pisançon, à votre seigneurie de Saint-Vallier
en Dauphiné, à votre fille Diana. Voici

venir le roi, qui vous recevra dignement à
merci !...

A ces mots, M. de Saint-Vallier frissonna
comme s'il eût senti le froid d'un poignard
dans son cœur ; il repoussa la main de Caillette, se détourna en gémissant, et s'abîma
dans un abattement d'où ne put le tirer aucune parole consolante.

— Messeigneurs, dit le médecin Braillon,
qui témoignait d'autant plus d'intérêt au
condamné que c'était un gentilhomme, son
pouls a cessé de battre ainsi que chez un
mort, et, malgré ce, à sa peau ardente, on
dirait une fièvre intérieure, telle que n'en ai
jamais vue.

— Maître Jean de Surie, interrompit le
président de Selve, ledit de Poitiers étant
reconduit en sa prison de la Tour-Carrée,
mettez bon ordre à ce qu'il n'ait faute de
rien, et soit guéri de ce malaise subit ; car
'exécution aura lieu dès qu'il plaira à sa
majesté.

— Monsieur le président, ajouta le chan-

celier qui avait vu avec satisfaction la torture du corps remplacée par celle de l'ame,
votre zèle équitable soit estimé comme il
vaut, et madame d'Angoulême, plutôt que
le roi son fils, vous rendra grace pour votre
grande humanité. Mais je vous prie de faire
tenir en chartre-privée maître Caillette, fol
d'office royal, et porteur de ce beau parchemin signé.

— A quel objet, monseigneur? demanda
M. de Selve.

— Vraiment, monsieur, ce joyeux député
du roi se doit justifier de sa mission, dont
je n'eus connaissance ni avis. J'appréhende
qu'il soit de connivence avec le traître Charles de Bourbon.

— A ce, monseigneur, je répondrai qu'il
importe ne résoudre rien de léger, et pas un
de nous sera si téméraire et imprudent que
d'inquiéter le possesseur d'un sauf-conduit
baillé par le roi.

— Faites à votre guise, messieurs, et point
n'y trouverai à redire maintenant; mais pos-

sible est que le roi vous fasse responsables des suites de cette affaire. Donc, monsieur de Selve, ayez l'œil aux aguets, de peur que votre fol ne s'évade. Dieu vous gard'!

Le chancelier, lançant un regard de fureur au président, et un regard de mépris à Caillette, leva la séance, alla rejoindre le grand-sénéchal, et tous deux se rendirent à l'hôtel des Tournelles, où la duchesse d'Angoulême attendait impatiemment l'issue de l'exécution.

Cependant M. de Saint-Vallier, persévérant dans son impassibilité, semblait fixé à la même place, malgré les injonctions réitérées de suivre le premier huissier : deux archers l'enlevèrent entre leurs bras pour le réintégrer dans sa prison, sans qu'il donnât d'autre signe de vie qu'une respiration sifflante et entrecoupée.

Les conseillers entourèrent avec inquiétude le président de Selve, et lui demandèrent s'il ne redoutait pas la colère du chancelier ou bien celle du roi.

— Messieurs, répondit M. de Selve, tenez pour assuré que messire Duprat sentira
poindre vifs remords qui ne me piqueront
mie.

— Monsieur, reprit le président Levisté,
le chancelier s'en va moult offensé, et, quoi
qu'il advienne de contraire par votre faute,
je m'en laverai les mains à l'instar du président Pilate.

Le président Leviste, mécontent de se
trouver compromis et peut-être exposé à une
disgrace par la conduite intègre de M. de
Selve, conféra tout bas avec plusieurs conseillers aussi bons courtisans que lui, sur
les moyens de regagner la faveur du chancelier; et, d'un commun avis, ils descendi-
rent dans la cour du Palais, où leurs mules
étaient rangées contre les montoirs de pierre :
ils se placèrent en selle, et se dirigèrent, par
le pont Saint-Michel, vers l'hôtel d'Hercule,
situé près du couvent des Augustins, et ha-
bité par Duprat.

Le président de Selve était resté seul avec
Caillette, qui le retint par sa robe.

— Monseigneur, lui dit-il avec l'accent
de la prière, Dieu et le roi vous rémunére-
ront à cause de votre générosité et débon-
naireté. Ains, au nom de Dieu et du roi,
consentez à ce que je voie et entretienne le
prisonnier!

— Pourquoi, mon ami le fol ? répondit
le président.

— Afin de lui rapporter nouvelles de sa
fille laquelle est absente de Paris.

— Faut-il dire oui ou nenni? Voirement, c'est chose licite qu'un père, si grand
criminel fût-il, soit informé des menues
affaires de famille. Mais, ce dit-on, tu mènes
secrètes intelligences avec M. de Bourbon :
voudrais-tu pas procurer la fuite dudit Jean
de Poitiers?

— Oh! non, monseigneur, je vous jure,
par les plus sacrés sermens, que dirai à M. de
Saint-Vallier tant seulement ce que lui eût
dit madame sa fille, et je réponds, corps

pour corps, vie pour vie, ame pour ame, de
votre prisonnier.

— A si grande promesse on ne saurait
accorder petite confiance. Va-t-en donc visiter le sieur de Saint-Vallier, et recorde-toi,
au profit de ton salut éternel, que le plus
ord métier est celui de vendeur d'amours,
le roi notre sire en fût-il le chaland.

Ce honteux soupçon fit ruisseler deux
larmes le long des joues pâles de Caillette,
qui, pour cacher son trouble, s'inclina en
feignant de baiser le bas de la robe du président; l'huissier Jean de Surie fut chargé
de l'accompagner et de l'attendre à la porte
de la prison, pendant quelques momens que
devait durer sa visite. Caillette quitta M. de
Selve avec une reconnaissance trop profondément sentie pour que des paroles pussent
l'exprimer.

Quand il entra dans la seconde chambre
de la Tour-Carrée, où le seigneur de Saint-
Vallier venait d'être conduit provisoirement,
il aperçut, devant la fenêtre ouverte, un

vieillard à cheveux blancs, debout et immobile, qu'il envisagea en poussant un cri de surprise.

L'huissier accourut à ce cri, et ne fut pas moins stupéfait de voir que la couleur des cheveux du prisonnier avait changé tout-à-coup, devenant blanche, de noire qu'elle était. Ce phénomène, causé par la subite impression d'un violent chagrin, effraya tellement l'huissier qu'il sortit pour aller chercher des témoins.

Caillette considéra un moment en silence cette tête blanchie en un jour, ces yeux fixes et morts, cette bouche entr'ouverte, et tous les ravages de la douleur, plus apparens que ceux de la vieillesse; puis il vint se placer à côté de cet infortuné dans l'embrasure de la fenêtre, d'où l'on découvrait le cours de la Seine, roulant ses eaux jaunes, grossies par la fonte des neiges.

M. de Saint-Vallier paraissait ne rien voir
et ne rien entendre; il ne témoigna,
par aucun mouvement, par aucun signe,
qu'il eût remarqué la présence de Caillette.

— Monseigneur, dit celui-ci en présentant au prisonnier l'ordre revêtu du seing
royal, sa majesté reviendra ne sais quand,
et monsieur le chancelier, ce pendant, doit,
pour complaire à madame d'Angoulême, re-
quérir de toute sorte l'exécution de votre
inique arrêt. Comme Messieurs du Parlement ne sont pas tous gens probes et sin-
cères, tels que le président de Selve, j'ai
doutance que de nouveau soyez livré à
la torture et à la mort. Donc, tandis
que je ferai diligence pour joindre le roi
et lui annoncer votre péril imminent,
tenez cette bienheureuse pancarte, laquelle vous sauva cejourd'hui même, et
avisez à en faire le meilleur usage, au besoin.

M. de Saint-Vallier ne répondit pas, reçut

le parchemin, le déplia sans y arrêter un coup d'œil, étendit la main hors de la fenêtre, et le jeta au vent qui soufflait : la feuille de vélin voltigea dans les airs, s'éleva en tournoyant, et, chassée en sens contraire, tomba dans la Seine, flotta d'abord, et disparut entraînée par le courant.

— Dieu! qu'avez-vous fait, malheureux! s'écria Caillette au désespoir; Diana, tout est perdu, et je n'y peux-mais!

Il sortit précipitamment de la prison, franchit à grands pas escaliers, salles, cours, galeries, sans savoir où il allait.

Un archer de la garde du roi, nommé François Gesse, l'arrêta au passage. Cet archer était attaché par intérêt à Caillette, qui l'employait souvent à son service particulier et le payait généreusement.

— Messire, lui dit François Gesse tout

en émoi, voici que monseigneur le chancelier envoie des gens pour vous prendre;
toute issue du Palais étant gardée, on
vous va reconnaître à la sortie; donc cou-
vrez-vous de ma cape, et pourrez ainsi
échapper.

— Dieu et ses saints te bénissent! répondit Caillette, qui accepta cette proposi-
tion, et parvint sous les habits de l'archer,
à passer sain et sauf au milieu des sol-
dats.

Il allait au logis de maître Malon, lorsqu'il
rencontra celui-ci revenant du Palais sur sa
mule.

— Par la vigne! lui cria maître Malon,
viens-tu pas, petit, redemander encore
ta damoiselle d'amour, qui s'est enfuie
de nuit avec ma femme, dont j'ai joie au
cœur?

— A bas! reprit Caillette : les archers
viennent par mes brisées, et faut sauver
deux têtes à force de courre!

Il renversa par terre le greffier-criminel,
sans lui donner le temps de descendre à
l'aide de l'étrier; puis il sauta sur la mule
et la lança au galop, en lui pressant les
flancs, à défaut d'éperons. Il ne ralentit pas
sa monture quand il se vit hors de Paris sur
la route d'Orléans.

XIII.

Aussitost qu'aurez faict un vœu,
Avec serment pardevant Dieu,
Si ledict vœu vous importune
Et peult nuyre à vostre fortune,
Il est mille secretz moyens
Concordant aux debvoirs chrestiens
Pour vous faire du vœu delivres :
Or, pour ce, lisez en nos livres.

DECOCTION SORBONIQUE.

XIII.

Caillette fit bonne diligence, excitant des
pieds, des mains et de la voix la noncha-
lance de sa monture, qui, accoutumée seulement à porter tous les jours le greffier au
Palais, n'avait jamais parcouru si longue
traite. Il dompta en habile écuyer l'humeur
rétive de la mule, et la maintint toujours

au grand trot. Il faillit pourtant rester en
chemin, et plusieurs fois le découragement
s'empara de lui lorsqu'il voyait l'animal,
couvert de sueur et soufflant des naseaux,
prêt à succomber de fatigue.

En passant par Orléans, il s'arrêta, sans
mettre pied à terre, pour demander si l'on
n'avait pas aperçu la litière du roi, et l'hôte-
lier qu'il interrogeait, le traitant de *Monsieur l'archer du roi*, lui raconta que sa majesté devait être arrivée depuis midi au
château de Blois.

— Oui bien! s'écria Caillette, ne dou-
tant plus de la route que François Ier avait
suivie : adonc, vais-je le joindre bientôt,
et sans vider l'arçon d'ici là!

Il eut beaucoup de peine à mettre la mule
au galop, et il arriva vers trois heures du
matin aux portes du château de Blois.

La mule, épuisée par une course de
quinze heures, s'abattit sous lui, se releva
deux fois à demi, et retomba sur l'extrême

bord du fossé profond dont les eaux vertes réfléchissaient les rayons de la lune.

Caillette se dégagea lestement des étriers, et, s'approchant de la porte principale, hucha en paume.

— *Qui vive?* cria la sentinelle de garde.

— Caillette, premier fol du roi, répondit-il en hésitant.

Quelques instans s'écoulèrent avant que l'on eût averti le capitaine et le gouverneur; puis, le pont-levis s'abaissa, et Caillette, se précipitant dans la première cour, rencontra le gouverneur, le sire de Champhoet, vieil original de noblesse bretonne, qui citait à tous propos les vers des poëtes contemporains, et choisissait surtout ses citations dans les équivoques de Guillaume Crétin et les épigrammes de Clément Marot.

— Quelles nouvelles de Paris, fol pindarique et homérique? dit il à Caillette, qu'il estimait fort à cause de sa facilité à rimer.

Or çà, vous avez vu le roi ?

— Ventrebœuf! reprit Caillette s'efforçant d'aller en avant : menez-moi tôt devers
sa majesté, et l'éveillez vitement.

— Vrai, compère, saurait-on dire de
vous tout ainsi que Clément dit de Jouan,
fol de Madame :

Tu fus Jouan sans avoir femme,
Et fol jusqu'à la haute gamme.

— Le roi, vous dis-je! le cas est urgent :
pensez que le salut d'une noble tête s'en
va dépendre de ces retards. Faut qu'à cette
heure je parle au roi!

— — Au roi, mon fils en poésie :

Roi des François, François, premier du nom,
Dont les vertus passent le grand renom.

Mais ce roi, tant célébré par la verve ma-
rotine, est départi de Blois depuis qu'il y
séjourna, ensemble sa mie madame de Châteaubriand.

— De par Dieu! monsieur de Champhoet,
si le roi n'est pas céans, où donc est-il?

— Il est quelque part assurément; mais

Celui qui ne vise à la voie
Par où il va, fault et s'abuse.

Sur mon ame! point ne sais-je où vint le
roi.

— Dieu! grand Dieu, en quel endroit

aller? où rencontrer le roi? où Diane? le cœur m'en fend! ô mon pauvre Seigneur de Saint-Vallier!

— O mon pauvre fol! dirais-je plus justement; car selon Crétin :

Entendement s'enfuit, ne sait quand reviendra.

— Non, ce serait lâcheté et trahison que laisser-faire au bourreau! Baillez-moi quelque cheval, monsieur de Champhoet; le vite, le plus gaillard et le plus raide à courir!

— Certainement; es-tu pas venu de Paris à belles jambes? Or, je dirai comme maître Guillaume l'équivoqueur...

— Pour Dieu et de par le roi! un cheval, et le meilleur de vos étables!

— Il n'y a au château que le bon grison de Vuyart, secrétaire de M. de Guise, ce vieil et illustre Hédart, duquel maître Clément fit par avance l'épitaphe où est dit ;

> La vite virade
> Pompante pennade ,
> Le saut soulevant ,
> La roide ruade ,
> Prompte petarrade
> Je mis en avant.

Caillette n'était pas dans une situation d'esprit assez calme pour écouter cet écho vivant des poésies de Marot et de Crétin ; il courut à l'écurie, sella et brida lui-même le docile Hédart, pendant que le sire de Champhoet lui récitait tout au long l'épitaphe de ce cheval, et, s'élançant dessus, il franchit au galop le pont-levis, sans dire adieu au gouverneur, qui lui adressait l'épigramme

faite par Marot *sur quelques mauvaises ma-*
nières de parler.

> Bolin s'en allit au Landit,
> Où n'achetit ni ne vendit,
> Mais seulement, à ce qu'on dit,
> Dérobit une jument noire...

Caillette, se voyant si bien monté, reprit courage et se remit au hasard à la poursuite de François Ier; en présence du péril qui menaçait les jours du père de Diane, livré sans défense à la merci du chancelier Duprat, il n'avait pas le temps de réfléchir sur ses propres chagrins.

Or, pendant cette même nuit, une maison de la petite ville de Cléry, près d'Orléans, était confidente d'un étrange mystère d'amour.

Cette maison, où jadis Louis XI se retirait

au mois d'août pour faire ses dévotions à
Notre-Dame de Cléry, appartenait au do-
maine royal, et n'avait pas été habitée par
un roi de France depuis plus de quarante
ans; mais cette nuit-là, dans une vaste chambre, jonchée d'herbe fraîche en guise de
tapis, et seulement éclairée par la lune jetant comme un regard indiscret sous les
rideaux de la profonde alcôve, s'élevait un
bruit formé de soupirs amoureux, de ten-
dres murmures et de douces paroles inter-
rompues par des baisers.

— Oh! ma chère mie, disait une voix
émue de plaisir, je suis véritablement ton
mari, l'autre n'étant que ton austère geôlier. Je rends belles actions de grace à
M. de Brézé, pour ce qu'il m'a précieuse-
ment gardé le doux fruit dont le désir me
poignait si fort!

— Sire! François! répondait une autre
voix plus langoureuse, n'en dites rien à quiconque, et tâchez, sur toutes choses, que
Caillette n'en ait la nouvelle!

IV 4.

— Diana, tant bien aimée, est-ce le cas
de pendre ta pensée au souvenir de ce fol
malotru ? Oh ! plutôt, repense à part toi aux
voluptés qu'as trouvées en ce paradis de
jouissance, et maudis le très impuissant de
Brézé, cet eunuque digne de servir les dames des Turcs.

— François, ne répétez ces menues gen-
tillesses, je vous prie, de peur d'accroître
mon regret et souci d'avoir péché. Vergogne m'empêchera d'aller en cour à visage
découvert !

— Ayez, au contraire, belle assurance,
ma fille, car en cour, plus qu'ailleurs,
filles pucelles sont rares ; combien davantage pucelles épousées !

— Sire, pour allégement à ma honte,
jurez que monseigneur mon père sera pro-
chainement recous et liberé ?

— Foi de gentilhomme ! si le jure à vous,
Diana, qui fûtes pucelle.

Ce n'était pas la chambre nuptiale ; mais

l'amour consola Diane de la première nuit des noces, dix années après son mariage.

Le lendemain, au point du jour, François Ier se promenait, seul et soucieux, sur la pelouse du jardin, encore blanche des frimas de la nuit.

— Hélas! pensait-il en lui-même, bientôt me faudra plus chèrement payer si chère liesse! O parjureur amour! des deux parts, et contrairement, suis-je tenu d'honorer ma foi de gentilhomme! Est-ce à Diana, ma mie, ou bien à cet impuissant de Brézé qu'il convient mentir en faussant l'un ou l'autre serment? dois-je, ou non, exécuter l'arrêt de M. de Poitiers? En tous cas, que résoudre?

Triboulet accourut vers le roi, et, souriant d'un air d'intelligence, fut surpris de ne recevoir qu'un accueil glacé.

— Vrai bœuf et sacrée vache! s'écria-t-il familièrement, avez-vous mal joué votre

personnage en cette gentille farce? êtes-
vous, sire, vergogneux ou fâché de vos
faits? cette galante affaire a-t-elle pas réussi?
On cuiderait, à votre abord dépité et ren-
frogné, que le jeu ne vous a plu!

— Dieu me pardoint! Triboulet, reprit
tristement le roi; la plus inespérée chance
qui soit au temple de Cupido a fait pour
moi cette bienheureuse nuit, et au lieu
d'une dame qu'espérais posséder en amoureuse merci, j'ai trouvé une friande pucelle, que son épousé n'avait onc touchée
du bout du doigt depuis dix années.

— Oh! la plaisante raison qu'avez à vous
douloir et contrister! Par ma pantoufle!
sire, c'est gripper la pie au nid, et si gentil oiseau est prompt à s'envoler sitôt qu'il a
plume aux ailes.

— Cette merveilleuse chance est venue
bien à point pour accroître mon amour;
mais, à cause de ce, je suis travaillé d'un
ennui moult infernal, et auquel le meilleur
remède ne vaut rien.

— Çà, mon cousin, j'ai des recettes de toutes façons en la gibecière de ma mémoire; tenez-moi pour votre médecin, et renié soit Dieu comme ma science, en cas que je ne vous guérisse mieux que les plus belles reliques, à savoir Saint-Gréal, dents de sainte Apolline, lait de la sainte Vierge et chef de saint Jean-Baptiste.

— Fusses-tu aussi docte médecin qu'Agrippa, encore n'y saurais-tu que faire ! Amour, qui est puissant magicien, ne peut m'ôter de peine.

— Ayez foi en ma pharmacopée, qui est toute de bon conseil et prononce oracles de sagesse brodés de folie.

— Foi de gentilhomme ! mon très amé Triboulet, si, tirant l'or du fumier, à l'exemple du coq d'Ésopus, tu forgeais en ton invention quelque beau et honnête moyen d'apaiser cette noise, et dissiper aucuns fâcheux nuages qui sont au ciel de ma félicité, je te baillerais en don le titre de

comte, avec argent pour acheter un fief à
grelots.

— Gardez en réserve duchés, comtés,
baronnies et marquisats; car Triboulet est
souverain seigneur de tous ceux qu'il
moque; ajoutez plutôt en fine monnaie ce
que pèse un comte, et n'aurai point regret
à mes honneurs. Or dites quel mal vous
tient, et où il vous démange?

— Saurais-tu pas expédient quelconque
de rompre un serment?

— Non pas un, mais cent! Quel serment?

— Ce n'est médiocre serment que ma
foi de gentilhomme! Je prétends m'excuser
de tout reproche, et maintenir la lettre de
ma parole.

— Contez-moi votre cas, et le demeurant
m'appartient.

— J'ai promis solennellement à M. de
Brézé l'exécution à mort du sieur de Saint-
Vallier....

— Sans doute vous avez remords de cette promesse solennelle, et possible jurâtes-vous le contraire à madame Diane ?

— J'ai petite souvenance de ce; mais, pour vrai, la chose serait inouïe, de mettre à mort le père de ma mie, d'autant que j'ai ferme assurance qu'il ne fut point coupable, comme sa fille me l'a déclaré.

— Par avance, j'y pensais, sire; et ce n'est d'aujourd'hui que j'ai découvert quel expédient employer pour vider votre serment sans que madame Diane vous rancune.

— Eh quoi! mon cher fils, tu sauverais ma foi de gentilhomme, et accommoderais cela ensuivant les désirs de Diana! Viens, que je t'accole de grand' aise!

Il vous souvient que je fus témoin de ce vœu fait et parfait devant le crucifix, présens monseigneur le chancelier, monsieur le grand-sénéchal de Normandie et ma très honorée dame d'Angoulême; donc je vous puis rappeler en quels termes fut ledit vœu :

« *Moi, le roi,* avez-vous dit alors, *je jure que le fourbe et menteur de Saint-Vallier verra tôt la place de Grève !* »

— M'aide Dieu ! es-tu bien certain que mon vœu fut ainsi ?

— Faites-en juges les témoins de ce, et tous déclareront que vous avez une honnête issue pour échapper à votre serment.

— En effet, voici qu'il me revient à l'esprit que j'ai entendu faire voir seulement la place de Grève au sieur de Saint-Vallier, pour l'exemplaire et terreur des traîtres ; mais je n'ai point résolu y faire mourir ce vénérable vieillard, qui est père de Diana.

— Dame Mémoire, que j'adore comme patronne mienne, vous a galamment tiré d'embarras, et le sieur de Saint-Vallier ne rendra pas l'ame pour une promenade en Grève.

— Ainsi, mon petit conseiller, ma foi de gentilhomme sera-t-elle par là dûment dégagée et pure comme devant?

— En vérité, sire, scrupules auraient tort après ce très fidèle accomplissement de votre parole royale, puisqu'il fut dit mot à mot que M. de Saint-Vallier verrait la place de Grève.

— Oui-da, je te remercie de m'affermir en tel pensement. Cependant les languards, médisans et moqueurs n'auront-ils pas matière à diffamer mon honneur?

— Vos seigneurs et gentilshommes, sire, combattront à toutes armes et contre tous, afin de prouver la loyauté de vos dits comme de vos gestes. En outre, n'avez-vous point quelque terrible loi contre les calomniateurs, qui sont les premiers ennemis des rois!

— Foi de gentilhomme! quiconque oserait accuser ma bonne renommée et interpréter à parjure l'exécution de mon ser-

ment, je le recevrais à combat singulier
pour le plaisir des dames ! Donc, à moi,
ma bonne épée de Marignan !

— Ensuite, messire de Saint-Vallier ayant
vu la place de Grève, ensemble l'échafaud
dressé à cet objet, votre vœu sera dignement accompli, et vous rentrez en posses-
sion de vos droits de pardonner. Est-ce point
agir bél et bien, sans faire préjudice à votre
honneur en ce monde ni à votre salut en
l'autre ?

— Quant à l'affaire de mon salut, je re-
querrai de mon confesseur une grosse absolution. Eh bien ! faut retourner à Paris,
et montrer à un chacun comme quoi vont
de bon accord justice et clémence. Maintenant et à toujours ma foi de gentilhomme !

— O le grand roi que vous faites, sire !
Remémorez-vous, de retour à Paris, que
cette fine manière d'évader un parjure vous
fut enseignée par moi ?

— Oui, diligent Triboulet, je te vais
bailler cédule pour être payé des mains de

notre trésorier-secrétaire Florimond Robertet, et par-dessus ce guerdon en monnaie
sonnante, je t'accorde ce qu'il te plaira demander.

— Par ma barbe encore à poindre! je
n'envie plus rien; sinon d'être créé premier
fol en titre d'office.

— Fi! méchant, souhaites-tu pas la mort
de ton frère et ami Caillette? à Dieu ne
plaise!

Le galop d'un cheval qu'on entendait au
loin s'approcha rapidement, et s'arrêta devant la porte cintrée de la maison; aussitôt
le heurtoir retentit à coups redoublés.

— Qui viens céant si matin? demanda
Diane inquiète à François Ier, qui, satisfait
du conseil de son fou, était revenu s'asseoir,
souriant et plus amoureux, au chevet de sa
maîtresse.

On ouvrit enfin au bruyant nouveau-
venu, et Triboulet frémit de rage en re-
connaissant Caillette sous les habits d'un

archer de la garde du roi. Il courut à sa
rencontre, et le retint dans le vestibule.

— Sang de cabre ! lui dit-il avec aigreur,
vous êtes hors du droit chemin, compère,
et cuidez entrer céans à l'auberge plus ai-
sément qu'un élu au paradis ?

— Le roi ! cria Caillette. Ne me retardez
point, de par Dieu !

— Par l'ombre de mon bonnet ! est-ce
ici hôtel royal ? ou, plutôt, sa majesté n'a
besoin de votre mélancolique folie pour
tempérer sa joyeuse humeur.

— Ma fi ! ce n'est l'instant de baliverner;
faut que j'avertisse mondit roi ; le Temps,
avec ses ailes, passe en vitesse le plus léger
coursier, et la route est longue jusqu'à
Paris !

— Allez, venez, demeurez, partez,
comme il vous plaira, pourvu que ce soit
hors de céans, mon frère ; et Notre-
Dame de Cléry vous rende la visière plus
nette !

— Le roi! dis-je, misérable fol! Ai-je fait telle hâte, à votre avis, pour ouïr équivoques et sots discours? il importe à la vie d'un bon gentilhomme que je voie le roi : donc, arrière, ennemi du bien!

Caillette, malgré les cris et les efforts de Triboulet, passa outre, monta les degrés, et se précipita dans une chambre où il entendait la voix de François Ier.

— Sire! s'écria-t-il, sire!

Mais il ne put achever, et resta stupéfait, les yeux attachés sur Diane, qui, à cette apparition inattendue, avait rougi de honte et détourné la tête.

Le roi ne fut pas moins surpris de l'arrivée de cet importun, et, rouge aussi de colère, il se leva de son siége, en intimant, d'un geste, à Caillette l'ordre de sortir, sans que celui-ci fît mine d'obéir.

— Foi de gentilhomme! dit le roi, ce fol de malheur m'incitera toujours à pécher mortellement par colère ou blasphème.

— Sire, répondit Caillette avec un air
froid et une voix calme, je vous viens annoncer que, si vous faites cas de la vie du
seigneur de Saint-Vallier, il convient la pro-
téger contre les complots de votre chancelier.

— Qu'est-ce? interrompit Diane, chez
qui la confusion céda tout d'abord à la ten-
dresse filiale : Caillette, mon ami, qu'ad-
vint-il de monsieur mon pauvre père?

— Sur mon âme! reprit François Ier, qui
s'efforçait de cacher son trouble afin de ne
pas augmenter celui de Diane, pourquoi
cette peur panique? M. de Saint-Vallier est-
il de nouveau malade? en ce cas, mon chancelier n'est le médecin qu'il lui faut.

— O mon bon sire! ajouta Diane en joignant les mains; votre absence a mal pro-
fité à ce noble vieillard, et ses ennemis n'attendaient que cette occasion. Dis, mon Caillette?

— Sire, continua Caillette, hier votre

chancelier ordonna l'exécution de l'arrêt qui
condamne à mort monseigneur de Saint-
Vallier...

— François ! François ! s'écria Diane
toute en pleurs : ainsi, vous m'avez abusée !
ainsi, mon père est défunt ! O mauvaise foi
et parjure insigne !

— Diana ! cesse de jeter ces larmes, qui
me sont plus précieuses que les pierreries
de ma couronne. Tu mens, Caillette : M. de
Saint-Vallier ne fut point exécuté ; autrement, je ruinerais le Parlement, égorgerais
les conseillers et gens de justice ; exilerais
madame ma mère et crucifierais mon chancelier.

— Cela ne saurait ressusciter mon père,
si tant est qu'il soit mort ! dit-elle douloureusement.

— Sans le seing du roi, que j'avais d'a-
venture, reprit Caillette, hier monseigneur
de Saint-Vallier eût été mis à la gêne, se-
l'arrêt, et ensuite supplicié ! Aucun mal

ne lui advint, si ce n'est que l'effroi dont il
fut saisi à la vue des apprêts de la torture
blanchit son poil subitement, et fit de lui
un vieillard chenu.

— O sire! se récria Diane en joignant les
mains : ils le tueront tout-à-l'heure, si point
ne faites empêchement à leur cruelle soif
de son sang!

— C'est pour cet objet que j'arrive en
diligence, repartit Caillette, car possible est
que M. Duprat, pour triompher des refus
du bon président de Selve, ordonne au nom
de votre majesté l'exécution de l'arrêt que
savez.

— Il n'osera! dit François Ier avec des
signes de dépit qui ne fermaient point la
bouche à Caillette; aussi bien, ce soir je
coucherai en mon hôtel des Tournelles.

— Oui-da! sire, suffit-il pas de cette
journée pour trancher une tête sur un échafaud?

— Sire, s'écria Diane, en ce péril ur-

gent, renvoyez Caillette d'où il vient, avec
ordre signé et scellé en bonne forme, pour
qu'on n'attente point à la personne du seigneur de Saint-Vallier !

— Mieux vaudrait patienter jusqu'à tantôt, ma mie, dit le roi penché nonchalam-
ment vers elle ; car il m'en coûterait trop
de vous quitter un seul instant.

— Sire, sire ! interrompit Caillette se jetant aux pieds du roi, quels seront vos re-
grets et désespoir, si vous n'octroyez grâce
et rémission qu'à un cadavre inanimé, à un
tronc sans chef ! Le cas est très pressant, et
voire j'appréhende, hélas ! qu'il ne soit plus
temps quand je reviendrai à Paris !

— François ! sire ! s'écria Diane avec en-
traînement : voyez et entendez ce digne serviteur ; voyez et entendez votre indigne
servante : sauvez le pauvre M. de Saint-
Vallier.

— Ma dame adorée, répondit le roi en
souriant, ne vous ébahissez qu'il m'en-

nuie tant de m'en aller d'ici! Or sus, fol
élégiaque, viens çà querir Robertet avec sa
cire et ses sceaux; salue d'abord cette belle
dame, en lui disant de se reconforter, et
m'accompagne où elle veut que j'aille.

Caillette, dont les yeux roulaient de
grosses larmes, se releva, regarda Diane,
qui ne put soutenir ce regard de reproche,
s'inclina respectueusement, et suivit le roi,
qui fit dresser par son secrétaire d'état les
lettres missives et patentes que Caillette était
venu chercher de si loin et avec tant de
hâte.

Le secrétaire Florimond Robertet, qui
avait occupé ce même emploi sous Charles viii
et Louis xii, excellait à se faire aimer du
roi régnant, quoique son empressement fût
souvent importun. La présence de son maître
lui était aussi nécessaire que l'air et la lu-
mière; il se croyait en disgrace dès qu'il ne
se trouvait pas auprès de François Ier, et
le mois entier que Diane habita la tour de
Dédalus avait été un véritable exil pour lui.

La nuit de l'enlèvement de madame de Brézé, comme il errait toujours en quête de nouvelles, il apprit que l'on préparait les équipages du roi ; aussitôt il monta sur son cheval frison et alla escorter le coche jusqu'à Cléry. François Ier et Diane s'égayèrent aux dépens de la tenacité du vieux courtisan, mais ne lui firent pas plus mauvais visage. Florimond Robertet se réjouissait de composer à lui seul la maison du roi, qui n'avait emmené que Triboulet et quelques domestiques dans ce voyage.

— Eh ! eh ! dit-il posant ses besicles sur son nez rubicond, sire, j'avais idée que mon service vous serait utile partout ; d'où je conclus que le prince ne saurait s'éloigner de son secrétaire, plus que le corps de son ombre. Ainsi pensaient les défunts rois messeigneurs Charles huitième et Louis douzième.

— Déclarez en ces lettres, dit le roi éclatant de rire, qu'avons octroyé cette rémission à la requête de notre cher et féal cou-

sin , conseiller et chambellan , Louis de
Brézé , comte de Maulevrier...

— Sire, pour Dieu ! interrompit Caillette
arrêtant le bras du secrétaire, ne moquez
pas en si grave alternative de vie ou de
mort !

— Foi de gentilhomme ! monsieur , quel
de nous deux est le fol moquant et raillant ?
Maître Florimond , ajoutez : *A la requête
aussi des parens et amis charnels dudit sieur de
Poitiers.*

— Il ne faut ranger les deux lettres sous
la même date, sire, lui fit observer Robertet , afin qu'on puisse douter du cas fortuit
qui joint la rémission à la surséance.

— Donc, mon père souscrivez ainsi la
lettre de rémission : *Donné à Blois, au mois
de février;* de cette sorte, les envieux ne sau-
ront le jour, et, pour que ladite lettre-
patente semble faite de longue-main, finissez
la lettre messive par : *Donné à Cléry, le vingtième de février.* Voilà de quoi mettre en
défaut les mieux avisés !

— C'est prudence, dont je vous loue, sire,
dit tristement Caillette; ains, à quelle fin
cette amère et poignante satire de M. de
Brézé?

— La commutation de peine? demanda
Florimond Robertet.

— La même qu'aux crimineux de lèse-
majesté, répondit le roi sans hésiter, à savoir la prison perpétuelle en la formule
ordinaire.

— La prison perpétuelle, sire! s'écria
Caillette : cela ne saurait être, et votre
clémence est moult semblable à votre
plus âpre sévérité. Madame de Brézé vous
conjure par ma bouche faire rémission
plénière!

— Dépêchez, mon père, car on m'attend,
reprit François Ier jouant avec les sceaux. O
la ridicule mascarade! Caillette, qui donc a
mué mon premier fol en archer de ma
garde?

Caillette ne répondit que par un mouve-

ment d'impatience et en se frappant le front
avec la main.

Les lettres missives et patentes, expédiées,
signées et scellées de cire verte, furent
confiées à Caillette, qui, sans saluer le roi
ni prononcer une seule parole, s'élança hors
de la chambre, sortit de la maison, et s'em-
pressa de remonter à cheval.

En même temps, une douce voix venue
d'en-haut le fit tressaillir d'aise et de douleur.

— Caillette, mon ami d'amitié, lui disait-
on, piquez des deux à crever votre monture!
peut-être la vie sauve de monseigneur de
Saint - Vallier dépend de votre diligence;
allez, et n'arrêtez pas!... Malgré tout,
tenez-moi à toujours pour votre sœur
d'alliance.

Caillette, levant ses yeux humides vers
Diane, qui lui parlait de la fenêtre, posa une
main sur son cœur, montra le ciel en signe
d'adieu éternel, et partit comme une flèche,

non sans retourner plus d'une fois la tête,
même après avoir perdu de vue les combles
de la maison où il laissait la fille du comte
de Saint-Vallier.

XIV.

IV.   5.

Cil qui debvoyt mourir, vivra.
Cil qui debvoyt vivre, mourra.

LES CHANCES ET MISÈRES HUMAINES.

XIV.

Le président Leviste et les conseillers se
rendirent aux désirs du chancelier sans autre
résistance que celle qui était indispensable
pour donner du prix à leur consentement,
et Duprat ne se fit pas faute de les payer en
promesses. Quant au président de Selve, il
aurait rougi de faire cause commune avec

eux, et les menaces échouèrent ainsi que les
prières devant son inébranlable équité : il
protesta hautement contre tout ce qu'on
entreprendait sans un nouvel ordre du roi ,
et plaida en vain la cause du comte de
Saint-Vallier, sans ramener à son avis les
opinions contraires dictées par une honteuse complaisance de courtisan.

Madame d'Angoulême avait à cœur d'affli-
ger le connétable de Bourbon au milieu de
ses victoires par le supplice de son parent
et son ami; M. de Brézé tremblait que sa
vengeance ne lui échappât, cette unique
consolation à l'infidélité de sa femme, de-
venue maîtresse du roi ; le chancelier, prenant fait et cause pour tous deux, avait
montré tant de zèle à faire exécuter l'arrêt,
que son orgueil eût trop souffert d'une
éclatante déconvenue. Il faisait d'ailleurs
chercher Caillette dans Paris, et, au moyen
de l'arrestation de ce bouffon insolent, il se
flattait d'avoir ainsi en son pouvoir le sauf-
conduit royal qui avait pu seul mettre

obstacle à la mort de Jean de Poitiers.

Le reste du jour se passa donc en procédures pour et contre; enfin on décida que le condamné, trop faible et trop souffrant pour subir la question extraordinaire, serait conduit directement à l'échafaud le lendemain mercredi 17 février.

Dès le matin de ce jour-là, les crieurs publics parcouraient les rues et les carrefours, en proclamant à son de trompe l'arrêt du Parlement, et appelant les bonnes gens de Paris à l'exécution qui devait avoir lieu en place de Grève, à quatre heures de relevée.

Dans chaque quartier, les petits enfans se rassemblaient autour du héraut qui faisait ce *cri*, écoutaient de toutes leurs oreilles, et après son départ, tout pleins de l'arrêt qu'ils avaient entendu avec admiration, ils jouaient entre eux à l'*Archer tru*, au *Juge vif et juge mort*, à *Monte, monte l'échelette*, et à d'autres jeux du temps, espèces de pan-

tomimes et de scènes dans lesquelles on faisait paraître le juge, le geôlier, le condamné
et le bourreau.

Vers midi le greffier-criminel Malon, accompagné, comme la veille, du notaire Jean
Vignolles, de commissaires et d'archers de
la ville, se transporta dans la prison de
M. de Saint-Vallier, malade d'une fièvre
singulière qui avait entièrement blanchi ses
cheveux dans l'espace de douze heures, et
qui agitait encore tous ses membres d'un
tremblement convulsif.

Maître Malon l'admonesta de dire la vérité,
et de nommer ses *alliés* et complices; mais
il n'en obtint pour réponse que des regards
fixes et muets.

Enfin le vieillard répéta d'une voix lugubre
qu'il n'avait rien fait pour mériter les cruels
traitemens qu'il éprouvait depuis plusieurs
mois, et demanda seulement à faire connaître
ses dernières volontés. Maître Malon lui offrit
de les mettre par écrit. Le comte de Saint-

Vallier dicta, en effet, un codicille dans lequel il suppliait la clémence royale d'accorder certaines sommes à ses domestiques sur ses biens confisqués; puis tout-à-coup son visage se contracta douloureusement :

— Voici le plus clair de mon héritage, ajouta-t-il avec amertume : je baille en simple et entière donation à M. de Brézé, grand-sénéchal de Normandie, deux mille livres de remords, marqués au coin de Satan, et le paradis après son trépassement, s'il fait dire des messes au profit de mon ame.

— Ce sont paroles d'ivrogne, interrompit le greffier, et ne puis coucher telles drôleries dessus le papier.

— Continuez, compère : la liste est plus longue aussi que celle de mes péchés. Je lègue à ma très chaste fille Diane, dame de Brézé, Meulevrier, Anet et autres lieux, ma vieille tête chenue de déplaisir, et mon sang rouge de vergogne...

— Votre entendement est perturbé, de
vouloir que j'écrive ces diffamations ?
Trêve !

Maître Braillon entra pour visiter M. de
Saint-Vallier, dont la patience ne fut pas pous-
sée à bout par le froid et minutieux examen
médical que ce *physicien* lui fit subir par
amour de la science plutôt que par humanité.

— Est-il point de remise à l'exécution ?
demanda Braillon avec intérêt.

— Messieurs de la Cour ne recevront
aucune excuse, répondit le greffier-criminel, et le supplice est crié par les rues ;
un chacun est prêt à faire son devoir, sinon
le sieur de Saint-Vallier, à qui est octroyée
une heure de répit pour se mettre en état
de grace devant Dieu.

— Voirement, par la Faculté de Mont-
pellier ! la médecine perd moult à cette
prompte exécution, d'autant que la merveilleuse fièvre qui tient le prisonnier valait
bien d'être étudiée.

Malon invita une seconde fois le comte de Saint-Vallier à se préparer à la mort, et descendit gaîment à la buvette pour attendre vis-à-vis d'un pot de vin d'Orléans que le condamné eût été confessé par un moine qu'on appela du couvent voisin.

Une heure après environ, le greffier remonta avec sa suite à la prison de la Tour-Carrée, et trouva le vieillard dans la même posture où il l'avait laissé, droit et adossé contre le mur, les mains pendantes et la physionomie inanimée.

— Jean de Poitiers, lui dit-il, voici qu'en suprême lieu je vous requiers et somme de dire vérité, et si vous ne savez autre chose que ce qu'avez précédemment déclaré? Bientôt, monseigneur Jésus-Christ, au tribunal de Dieu le père, vous fera nouvel interrogatoire.

— A ce répondrai comme j'ai précédemment répondu, à savoir que je donne con-

gé à mon confesseur de publier ma confession.

— Sans plus de délaiement, messieurs,
procédons en suivant les termes de l'arrêt.

Alors M. de Saint-Vallier, les mains liées
et la tête nue, fut mené sur le perron des
grands degrés du Palais, et là, en présence
d'une multitude curieuse et avide, un huissier du Parlement cria l'arrêt, qui fut écouté
avec une muette indignation; car le peuple
s'était énergiquement prononcé contre madame d'Angoulême dans le procès du connétable et des gentilshommes.

Pendant la lecture de l'arrêt, une femme
parée et fardée sortit de la grand'salle et
s'approcha impudemment du greffier-criminel, qui la reconnut avec surprise.

— Madame la greffière, lui dit-il rudement,
depuis tantôt un mois, où donc avez cou-
ché?

— En l'hôtel du roi notre sire, répondit

dame Nicole; et comme madame Diane, que
j'avais charge de servir, est partie hier avec
. mondit roi, je retourne à mon époux, qui n'a
encore l'avantage d'être veuf.

— Femme, dit M. de Saint-Vallier la
désignant du doigt; par charité chrétienne,
garde de faire sonner à mes oreilles ce vilain
nom de Diane, crainte que je venge mon
honneur contaminé en maudissant ma propre fille!

— Retournez au logis pour voir si le vin
est tiré, ma mie lui dit son mari; allez
aussi tuer le veau gras, c'est-à-dire un pi-
geon de clapier, pour nous réjouir de votre
bien-venue.

— Arrière, diable féminin enjuponné!
désiste-toi de vouloir tenter ce très misérable vieillard! dirent quelques voix répétées
en écho.

Dame Malon, en se retirant aussitôt, fit
taire cette rumeur croissante, dans laquelle
se perdait le cri de l'huissier.

Mais les assistans manifestèrent leur
mécontentement par de bruyans murmures
qui éclatèrent bientôt en malédictions contre
la duchesse d'Angoulême, le chancelier et
le Parlement, quand M. de Saint-Vallier
fut placé sur une mule noire avec un archer
en croupe derrière lui. Il chevaucha ainsi
jusqu'à la place de Grève, sous la conduite
des archers, arbalétriers, sergens-à-verge et
guet-royal de la ville de Paris. Le greffier-
criminel, les huissiers et les commissaires
suivaient montés sur de vieilles mules pous-
sives; un héraut marchait à la tête du cortége funèbre en criant :

« Voici l'exécution de l'arrêt de la Cour
contre Jean de Poitiers, sieur de Saint-
Vallier, naguère chevalier de l'Ordre du roi!
De profundis! »

Pendant le trajet, qui fut lent à cause

de la foule grossissant à chaque pas, les uns se découvraient respectueusement au passage de M. de Saint-Vallier, les autres montraient le poing aux gens de son escorte.

— Par la figue! disait celui-ci, cette louve d'Angoulême fait sa curée des bons gentilshommes et maltraite les premiers serviteurs du roi François.

— Bren pour la vieille jument poulinière, dont l'appétit amoureux ne se rassasie d'un picotin! disait celui-là.

— Monsieur de Bourbon a prudemment agi de refuir ce laid corps et cette plus laide ame, reprenait un troisième; ains c'est pitié qu'un si glorieux capitaine français commande les milices de l'empereur. L'amiral Bonivet, si beau et bien atourné soit-il, sera fait camus par les vieilles bandes italiennes.

— Compaings, demandait un bourgeois, n'avez-vous pas commisération de ce vieux seigneur chenu? Il semble fort aguerri contre le trépas, et barbotte ses menus-suffrages, ni plus ni moins que s'il était assis sur son banc en sa paroisse.

— Monseigneur, lui criait un écolier; fussiez-vous crimineux et justement condamné, lardez de maudissons présidens, conseillers et tous diables fourrés!

— Seigneur Jésus-Christ! marmottait une femme, fais merci à ce martyr condigne, et si brûlerai deux cierges en l'honneur de l'immaculée Conception.

Le place de Grève, encombrée de monde, surtout de femmes et d'enfans, présentait de loin une surface animée, ondoyante et tumultueuse; partout des têtes qui se dressaient et des yeux qui regardaient : les maisons, hautes et noires, semblaient elles-mêmes des colosses vivans, des êtres fantastiques et monstrueux, à voir saillir ces têtes de toutes les étroites fenêtres, et briller ces yeux jusqu'au faîte des toits.

Au milieu de la place, et au-dessus de la foule, apparaissait l'échafaud, élevé de vingt pieds, sur lequel attendait l'exécuteur, habillé de rouge, avec sa hache reluisant au soleil.

Le comte de Saint-Vallier, absorbé dans ses prières, restait comme étranger et indifférent au spectacle lugubre qu'il avait devant les yeux. Quand il fut descendu de la mule, son confesseur, qui était au pied de l'échafaud, le crucifix en main, lui demanda s'il n'avait rien omis en sa confession.

— Mon père, dit le vieillard en s'inclinant, il me revient en idée que j'ai médit de ma fille et du prochain : mettez que je pardonne à icelle, de même qu'à ceux-là qui m'ont accusé, jugé et condamné à tort et injustice.

Il reçut l'absolution, baisa le crucifix, et monta d'un pas ferme sur l'échafaud, autour duquel étaient rangés les archers de la ville et les sergens du Parlement ; puis il ôta lui-même son pourpoint et se mit à genoux auprès du billot.

Alors un silence morne et anxieux s'établit de proche en proche : tous les regards se dirigèrent vers le théâtre du supplice.

— Monseigneur, dit l'exécuteur au seigneur de Saint-Vallier, qui se signa une dernière fois, avez-vous tout fait ?

— Oui, répondit-il hautement; Dieu prenne mon ame !

Il appuya sa tête sur le billot noir de sang caillé, tendit son cou, et le bourreau leva le bras...

— Des cris lointains arrêtèrent un moment la hache suspendue en l'air : on aperçut un cavalier qui accourait à toute bride, en agitant quelque chose dans sa main; il approchait, et déjà on entendait ces mots :

Grâce ! surséance ! rémission !

M. de Saint-Vallier s'étonnait de ne pas recevoir le coup mortel. Mais la voix qui criait : *Grâce !* trouva des échos dans toutes les bouches, et un cri universel environnant l'échafaud, la hache retomba sans frapper. Caillette, aussi harrassé et haletant que son cheval, arrivait tout couvert de sueur et de poussière ; il rendit au greffier-criminel les lettres du roi, dont la suscription était :

« A nos amés et féaux conseillers les gens de notre Cour du Parlement de Paris. »

Caillette tremblait de tout son corps ; car il avait craint que tout fût fini.

— Quel êtes-vous ? lui demanda maître Malon, qui ne le reconnaissait pas à son air défait et à ses habits d'archer.

— François Gesse, archer de la garde du roi, répondit Caillette, qui pensa que son titre de fou du roi pouvait nuire à l'effet de sa mission.

— Messieurs, dit maître Malon s'adressant
à l'exécuteur et à plusieurs huissiers, je
vous laisse en garde ledit sieur de Saint-
Vallier et vous défends d'attenter aucunement à sa personne.

Pendant que Caillette, sans quitter l'étrier,
veillait auprès de l'échafaud en se cachant le
visage pour n'être pas reconnu, le greffier-
criminel, accompagné de maître Vignolles,
se transporta au logis du président de Selve,
qui, les lettres vues, ordonna qu'on les fît
lire au peuple, et remercia le ciel de ce
secours inespéré.

Maître Malon revint à la place de Grève,
monta sur l'échafaud, où le patient était encore à genoux, et remit les lettres du roi à
un huissier qui en donna la lecture au
peuple :

« Nos amés et féaux, nous avons su l'arrêt donné contre Saint-Vallier, et qu'en
entérinant nos lettres de rémission pour la
vie, que nous lui avons octroyée à la requête

de notre cousin le grand-sénéchal de Normandie, il a été dit que ledit Saint-Vallier
demeurera entre quatre murailles, laquelle
chose nous voulons bien entendre avant
qu'elle soit ; à cette cause, nous vous man-
dons et expressément enjoignons faire surseoir ladite exécution, et tenir ledit de
Saint-Vallier au lieu où il est jusques à ce
que nous soyons à Paris, qui sera bref, et
qu'en ayons autrement ordonné, et à ce ne
faites faute ni difficulté, car tel est notre
plaisir. Donné à Cléry, le vingtième de février mil cinq cent vingt-quatre.

« Ainsi, signé, FRANÇOIS.

« Et plus bas, ROBERTET. »

Cette lettre de surséance fut écoutée avec
un vif intérêt par cette multitude qui paraissait avoir dans le condamné un parent
et un ami ; des cris de *Noël* et *vive le roi* se
mêlèrent aux acclamations générales ;

mais la lettre de rémission n'excita pas
les mêmes transports de joie et de reconnaissance.

« FRANÇOIS, PAR LA GRACE DE DIEU, ROI
DE FRANCE :

« A tous présens et à venir, salut!

« Comme, puis naguères, notre cher et
féal cousin, conseiller et chambellan, le
comte de Maulevrier, grand-sénéchal de
Normandie, et les parens et amis charnels
de Jean de Poitiers, sieur de Saint-Vallier,
nous ayant, en très-grande humilité, sup-
plié et requis avoir pitié et compassion dudit
de Poitiers, sieur de Saint-Vallier; et en
faveur et contemplation d'eux, et des services par eux faits à nos prédécesseurs, à
Nous et à notre royaume, puis notre avéne-
ment à la couronne, et mêmement puis
naguère, par ledit grand-sénéchal, lequel,
en montrant la loyauté et fidélité qu'il a à

Nous et à notre royaume, nous a découvert
les machinations et conjurations faites contre notre personne, nos enfans et notre
royaume, et, en ce faisant, nous a préser-
vés des maux qui par icelles s'en pouvaient
ensuivre ; notre plaisir soit commuer et
changer la peine de mort en laquelle ledit
de Poitiers aurait été condamné ou pourrait
être auprès de notre Cour de Parlement,
condamné comme criminel de lèse-majesté
et autres peines : Savoir faisons que Nous,
à ces causes, et ayant considération auxdits
services et principalement à celui que ledit
grand-sénéchal nous a fait comme dit est,
ladite peine de mort avons, de notre certaine science, pleine puissance et autorité
royale, commuée et commuons en la peine
ci-après déclarée ; c'est à savoir, que ledit
de Poitiers sera mis et enfermé perpétuellement entre quatre murailles de pierre, ma-
çonnées dessus et dessous, esquelles il n'y
aura qu'une petite fenêtre par laquelle on
lui administrera son boire et manger. De-

meurant, au reste, le contenu de l'arrêt de
la Cour, contre lui donné ou à donner, en
toutes autres choses, en sa force et vigueur,
et en tout et partout exécuté entièrement :
Si donnons en mandement à nos amés et
féaux conseillers les gens de notre Cour de
Parlement, que ladite commutation ainsi
faite, comme dit est, et tout le contenu en
ces présentes, ils fassent entretenir, garder
et observer, sans venir au contraire; au sur-
plus, en faisant mettre le reste dudit arrêt
en pleine et entière exécution. Car tel est
notre plaisir, et, afin que ce soit chose
ferme et stable à toujours, nous avons signé ces présentes de notre main, et à icelles
fait mettre notre scel , sauf en autre chose
notre droit et l'autrui en toutes. Donné à
Blois, au mois de février 1524, et de notre
règne le dixième.

Signé sous le replis, FRANCOIS; par le roi,
ROBERTET, et scellé en cire verte de lacs
de soie. »

M. de Saint-Vallier n'avait pas donné la

plus légère marque de joie, de surprise ou d'émotion ; mais ses oraisons mentales furent brusquement distraites par l'adieu mélancolique et étrange de Caillette, qu'il reconnut alors sous la livrée d'un archer du roi.

— Mon père, seigneur et maître, dit le jeune homme, assistez-moi de quelques prières, et, par le mérite d'icelles, avisez à me tirer du purgatoire, en cas que j'y aille !

— Mon fils, reprit vivement le vieillard, baille-moi nouvelles de Diana.

— C'est affaire au roi François, hélas ! et dorénavant, je n'y peux-mais, non plus que personne au monde !

A ces mots, prononcés d'un air de fatalité, il montra le ciel, mit la main sur son cœur, et, sentant les pleurs ruisseler sur ses joues, il poussa son cheval à travers le peuple qui s'écoulait en tumulte, et se fraya un passage vers la rue Saint-Antoine. M. de Saint-Vallier le suivit du regard jusqu'à ce qu'il eût disparu; puis il secoua sa tête blanche et cacha ses larmes. On le fit remonter seul sur la mule qui l'avait amené, et on le reduisit sous bonne escorte dans la Tour-Carrée de la Conciergerie.

A l'heure fixée pour le supplice, la duchesse d'Angoulême et le chancelier Duprat, renfermés ensemble dans l'oratoire de l'hôtel des Tournelles, étaient tourmentés des mêmes inquiétudes et de la même impatience, que trahissait leur contenance embarrassée : ils s'asseyaient, se levaient, marchaient, s'arrêtaient, écoutaient, considéraient les aiguilles de l'horloge, s'approchaient de la fenêtre, sans accorder beaucoup d'attention à madame Marguerite d'Alençon, qui suppliait encore sa mère de contremander l'exécution, ni à Corneille Agrippa, qui s'épuisait en propos contradictoires sur la puissance de la philosophie occulte et la vanité des choses humaines.

— A cette heure, ou peu s'en faut, dit
Louise de Savoie, la tête du sieur de Poitiers est à bas, et j'ai fantaisie de l'envoyer
en relique à son grand ami M. de Bourbon.

— Vrai Dieu! madame, reprit faiblement
Marguerite, le roi m'avait pourtant juré par
sa foi de gentilhomme qu'aucun ne serait
exécuté à mort sauf mon avis!

— N'est-ce pas merveille, répliqua Duprat en riant, que ces cheveux blanchis
tout-à-coup et cette fièvre panique? Les
gardiens eurent peur au ventre en le voyant
ainsi, et l'auraient-ils laissé sortir de la prison, faute de le reconnaître. Je soupçonne
quelque artifice magique dans tout ceci, et
j'ai ouï dire que le seigneur de Saint-Vallier
fut habile sorcier.

— Oui-da, je le croirais, répondit la mère
du roi; car, afin d'avoir exemption de sa
peine, il jeta des sorts pour enamourer mon
fils François au regard de sa fille Diane;

IV. 6

ains monsieur mon astrologue rompra vite cette conjuration....

— Madame, repartit Agrippa, le plus docte magicien n'a pouvoir de vaincre l'influence des astres, et, malgré tout, ce qui est écrit au firmament adviendra par le monde. Or ayez foi en ce que je vous ai annoncé touchant les triomphes de monseigneur de Bourbon...

— Par le sacré Sang! interrompit madame d'Angoulême en fureur, maître Agrippa, trêve à ce discours!

— Madame! monseigneur! s'écria d'une voix éteinte M. de Brézé, qui entra la bouche écumante et les yeux enflammés : Saint-Vallier demeurera sain et sauf!

— L'heure dite pour l'exécution fut donc retardée? demanda madame d'Angoulême.

— Le roi a faussé sa foi de gentilhomme!

— Quel dit cela et calomnie le premier héros de la chrétienté?

— Le condamné était jà dessus l'échafaud en place de Grève, quand sont venues lettres de surséance et de rémission ; après quoi M. de Saint-Vallier fut ramené à sa prison.

— Saint-Anon! dit le chancelier en pâlissant de colère, c'est dérision éclatante de notre autorité, et le président de Selve m'en paiera le compte!

— Dieu soit loué! murmura madame Marguerite, je veux rhythmer le débat d'Amour contre Justice.

— Voici le roi qui s'en revient! dit Agrippa, qui regardait dans la cour d'honneur par la fenêtre.

— Le roi! s'écrièrent à la fois tous les assistans.

— Allons donc saluer notre bon sire, reprit M. de Brézé, feignant une tranquillité qu'il était loin d'éprouver au fond de l'ame.

Mesdames d'Angoulême et d'Alençon, le chancelier et M. de Brézé, allèrent en silence à la rencontre du roi.

Agrippa se disposait à les suivre, quand son chien noir vint se rouler à ses pieds en pleurant et se plaignant d'une façon déchirante.

— Par Samuel et Melchisêdech! dit l'astrologue avec un trouble subit : quelle malencontre vous contriste, Monsieur? Anges du ciel! c'est mon fils Caillette qui t'envoie devers moi!

Le chien noir se coucha sur le dos sans bouger, exhala un long soupir presque humain, et, se relevant sur ses pattes, courut devant Corneille Agrippa, qui joignit le roi dans la galerie de Flore.

François Ier et sa maîtresse étaient encore occupés à interroger Caillette, et celui-ci leur répondait d'une voix altérée, sans oser envisager Diane.

— Brave et digne fol, lui disait le roi, tu seras moult rémunéré pour tes bons offices et diligence. Je te fais don, et aussi à tes héritiers, d'un apanage pris entre les biens confisqués de M. de Bourbon : outre ce, je te créerai comte et chevalier de mon Ordre ?

— Oh ! sire, disait Caillette, que faire de ces richesses et honneurs ? Aussi bien ne me devez-vous nul remercîment pour avoir sauvé monseigneur de Saint-Vallier !

— Caillette, mon ami à tout jamais, reprenait Diane en lui pressant les mains dans les siennes, graces vous soient rendues éternellement ! Mon petit salvateur, vous avez conservé deux vies en une, et je vous réitère le gentil nom de frère d'alliance. Pour Dieu ! êtes-vous mal portant, que vos mains sont tant froides et moites?

— Nenni, madame, onc ne me suis mieux
porté, et une parole de votre bouche gué-
rirait les plus grands malades, voire un
mort de trois jours !

Le roi avait quitté son fou pour s'avancer
vers sa mère, sa sœur et les personnages
qui les accompagnaient. Diane reconnut
son mari caché derrière le chancelier, et,
tremblante à cette vue, elle ne s'éloigna
pas de Caillette, qui, les yeux fixés sur
elle, blêmissait et frissonnait, tandis que
le chien noir hurlait autour de lui, et qu'A-
grippa le contemplait avec une inexprimable
tristesse.

— Mon cousin, dit sévèrement François Ier
à M. de Brézé, qu'il ne s'attendait pas à re-
voir en pareil moment, vous ai-je pas, s'il
m'en souvient, ordonné de séjourner en votre
grand'sénéchaussée de Normandie?

— Sire, répondit-il avec un air faux et
rampant, je n'aurais cette audace de déso-
béir à votre majesté; mais voici que je

viens solliciter madame votre très honorée
mère , de tenir sous sa tutelle madame
Diane , ma femme , qu'il me plaît savoir en
la cour du plus grand roi de l'univers.

— A ce prix , mon cousin , l'intelligence
ne sera rompue entre nous , et je suis aise
de vous accoler en bonne étrenne. Hier , j'ai
signé et scellé le don que je vous fais d'une
gabelle sur votre province.....

— Faites acquit de ma reconnaissance ;
or vous avais-je en idée délié d'un serment
trop téméraire, fait sur le crucifix , touchant
la peine du sieur de Saint-Vallier.....

— Point , monsieur ; one n'ai forfait à
ma foi de gentilhomme ! Ainsi que j'avais
dit et juré , le sieur de Saint-Vallier a vu la
place de Grève , et , mon serment rempli
de la sorte , lettres de rémission furent oc-
troyées en vertu de vos mérites , services
et le reste.

— Beau serment de docteur fourré !
reprit madame d'Angoulême ; quant à

moi, je ne l'avais entendu sophistiquement.

— Madame, répliqua François Ier rougissant du reproche de sa mère, de notre
pleine puissance et autorité royale avons
commué la peine de mort en telle peine
que le sieur de Saint-Vallier sera mis et enfermé perpétuellement entre quatre murailles de pierre.

— M'aide Dieu, sire ! s'écria madame
Marguerite, mort est meilleure que si rude
captivité, et votre ordinaire clémence se
mécompte !

— Ce que ferai sera bien fait, ma bru-
nette Marguerite, et, foi de gentilhomme!
je ne fierai ce pauvre prisonnier à mon
cousin Duprat, qui pourrait sans que je
l'y convie, exécuter la rémission aussi dru
que l'arrêt.

Triboulet entra, le visage chagrin et
envieux : François Ier l'entraîna dans un
bout de la galerie, et demanda d'un ton

bref si ses ordres étaient remplis de tout
point.

— Sire, répondit Triboulet, moi présent, messire de Saint-Vallier fut mené en
une belle chambre, le dos au feu, le ventre
à table; il n'a fait que soupirer aux bien-
veillantes assurances que lui ai portées de
votre part; et cette nuit je le mettrai hors de
la Conciergerie pour le rendre sain et sauf
en son château de Pisançon.

— Caillette! Caillette! s'écria Diane avec
effroi, vous soufflez d'ahan et suez de fièvre!
Seigneur Agrippa, venez çà, et remédiez à
son malaise!

— Madame, reprit Agrippa immobile
s'adressant à la duchesse d'Angoulême et
lui désignant Caillette, avisez les beaux
effets du philtre qui fut préparé à votre requête pour monseigneur le connétable. Les
bouccons italiens tueraient un démon; voire
un ange!

IV.   7

pour vous le tombeau qu'avez fermé à
monseigneur de Saint-Vallier ! Espérez
guérison par la grâce de quelque mi-
racle , et le roi vous guerdonnera de dignités , de fortune , de faveurs et maint
autre avantage...

— Ma chère dame , point n'est-ce au
monde cela que plus désire et regrette !

— Marotte! grommela Triboulet : *Caillette*
soit dit, du nom de ce fol éventé , quiconque agira moult follement !

— Ma très vénérée et très chère dame, reprit Caillette en s'appuyant sur le coude
pour se hausser vers elle , remémorez-vous
qu'avez promis me récompenser d'un baiser
si M. Saint-Vallier obtenait merci ?

— Certes , avez mérité mieux qu'un baiser ! répondit Diane approchant sa bouche
des lèvres violettes du moribond.

Oh ! dit-il en extase, voici que je mour-
rai , après ce , moins délibérément !

En ce moment-là le chien noir poussa

attendre qu'il meure pour le ressusciter !
Une ville de mon royaume pour qu'il
vive !

— Sire, médecine sait le secret des poi-
sons, et non l'art de les guérir !... Mon fils,
mon élève, mon ami, mon Caillette !.....
Tout beau, Monsieur ! ne l'interrompez
en ses oraisons et litanies d'agonisant !

— Foi de gentilhomme ! si vous ne savez
votre grimoire, convoquez les plus fameux
de la Faculté : Akakia, Lecoq, Braillon !....
A l'aide ! car je crains qu'il ne trépasse !

— Sire ! dit Caillette rassemblant ses
forces pour tirer de son pourpoint le collier
de l'Ordre du comte de Saint-Vallier, qu'il
remit entre les mains du roi ; point n'expi-
rerai avant ce solennel devoir : le père de
Diana vous rend ainsi ce qu'il tient de vos
bontés.

— Mon ami, mon frère ! s'écriait en
sanglotant Diane penchée vers lui, gardez-vous de vouloir mourir ; ne rouvrez

— Qui parle céans de bouccons? interrompit le roi courant à l'astrologue.

— Caillette empoisonné ! murmura Triboulet, dont les traits s'éclaircirent aussitôt.

— Ce bouccon me plairait davantage divisé en trois parts, se dit en lui-même M. de Brézé, pour le roi, le fol et M. de Saint-Vallier.

Caillette avait celé aussi long-temps qu'il lui fut possible les effets prompts et douloureux du poison qui brûlait ses veines, dévorait ses entrailles, et arrivait par degrés à son cœur ; mais l'angoisse devint si violente, qu'il tomba en se tordant, la langue pendante et les yeux à demi sortis de leurs orbites.

— Agrippa, je t'adjure, s'écria le roi avec une généreuse vivacité : efforce-toi à sauver celui-là qui si bien sauva M. de Saint-Vallier ! emploie, invente remède quelconque, fût-ce or potable ! vite ! ne va pas un hurlement qui ressemblait à un cri de désespoir, et s'enfuit.

La tête de Caillette rebondit sur le pavé de marbre, et sa main glacée abandonna celle de Diane : ses yeux fixes restaient tournés vers elle; sa bouche souriait encore.... Il était mort.

— Sainte Cornemuse, priez pour le défunt! s'écria Triboulet; maintenant je suis premier fol en titre d'office royal!

— Caillette, pauvre cher fol ! dit François Ier, essuyant deux larmes de regret.

— *Hesed Adonaï !* dit Corneille Agrippa soutenant dans ses bras Diane de Poitiers, pauvre fol d'amour!

FIN DU QUATRIÈME ET DERNIER VOLUME.

TABLE DES CHAPITRES.

—

PREMIER VOLUME.

CHAP. I.	. . . .	Page 113
II.	. . . .	139

DEUXIÈME VOLUME.

III	. . . .	3
IV	. . . .	43
V.	. . . .	81
VI	. . . .	115

TROISIÈME VOLUME.

CHAP. VII. . . . . Page 2
VIII. 49
IX. 101
X. 147

QUATRIÈME VOLUME.

XI 5
XII. 39
XIII. 81
XIV. 115

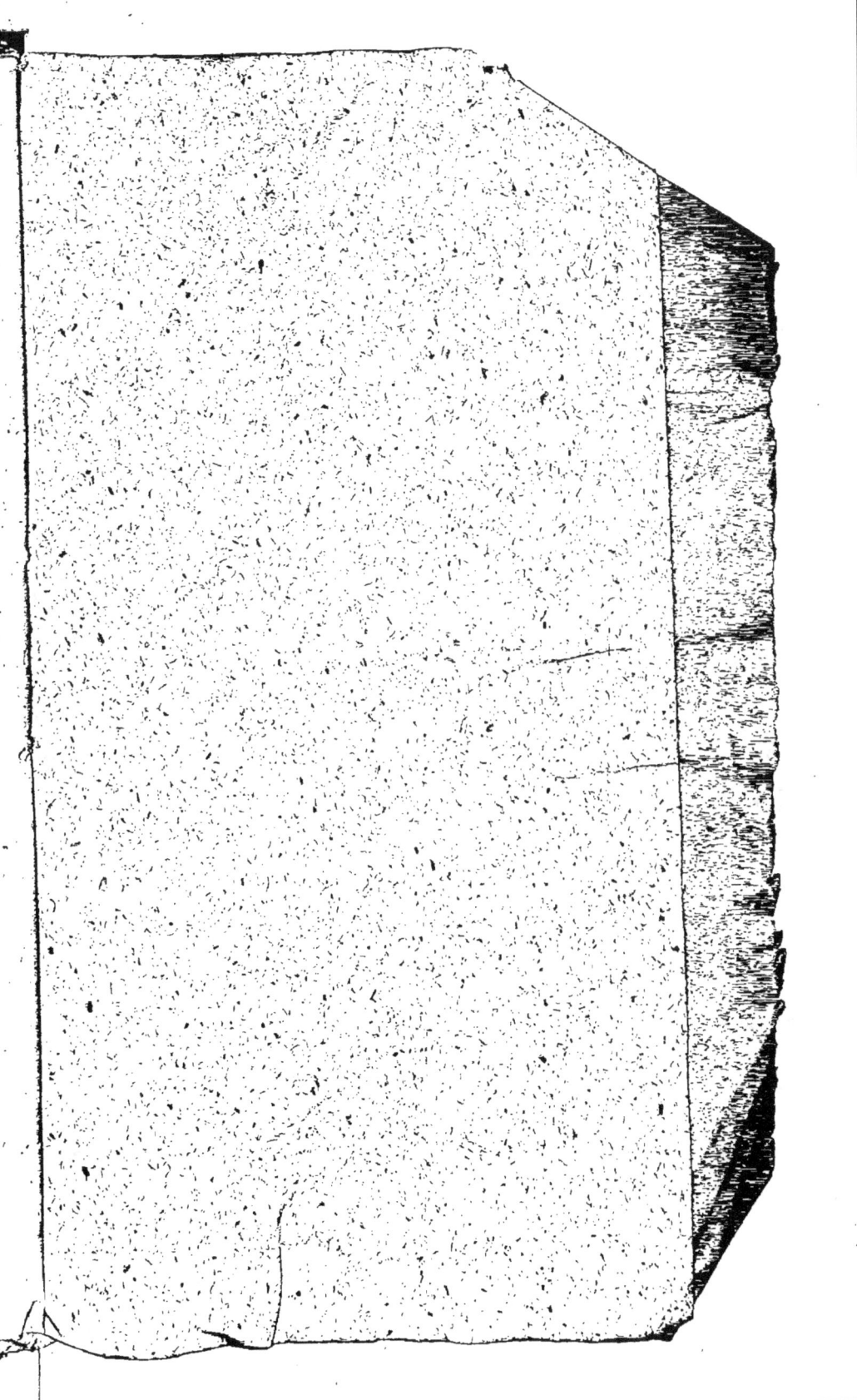

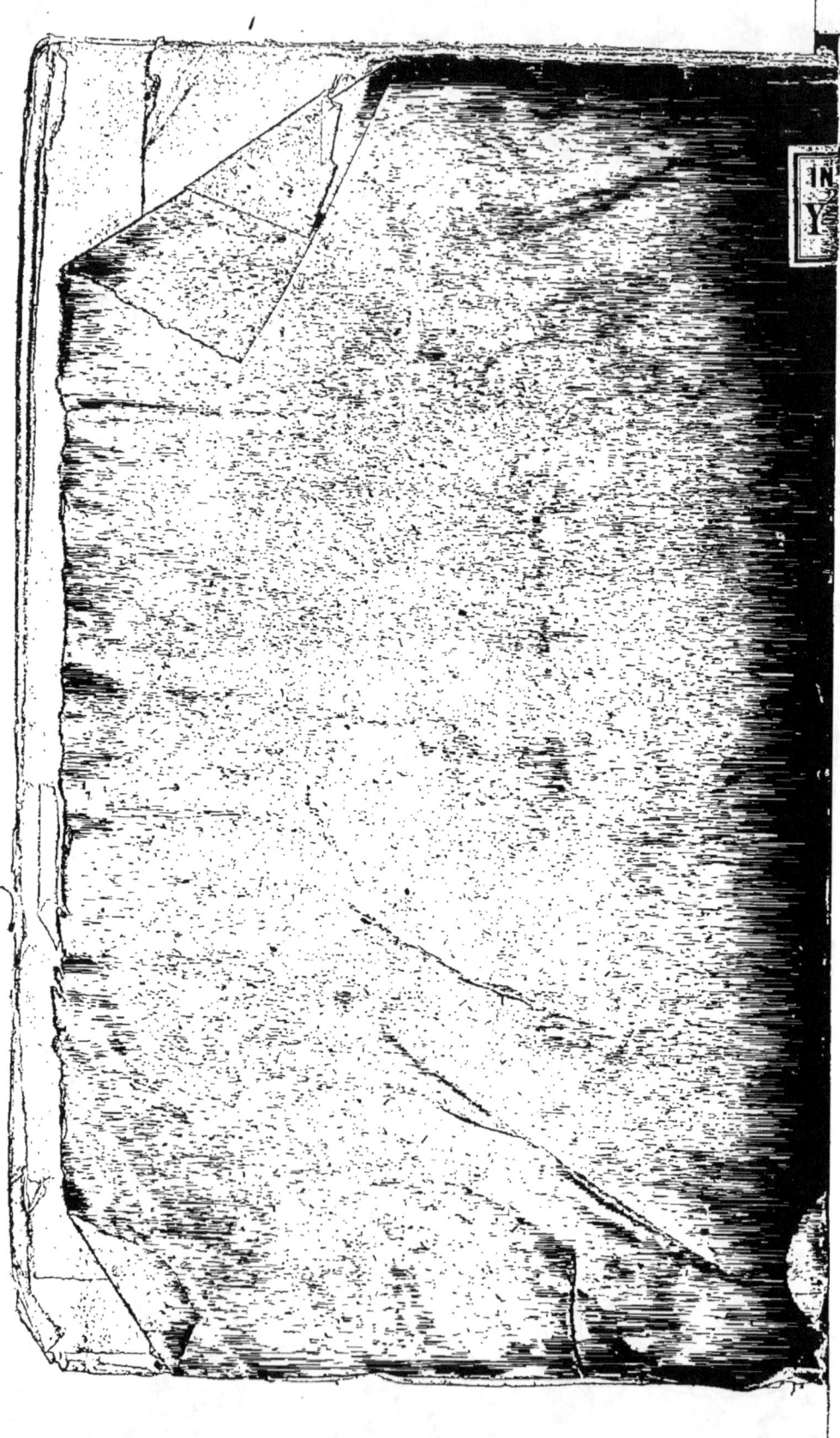